プロローグ

Chikyuikka
ga
ojyama
shimasu

prologue

地球の、どこにでもありそうな家と、どこにでもいそうな家族──。

「お父さん、まだ帰ってこないのかな？」

そう言いながら、ひょいとテーブルの唐揚《からあ》げをつまんだのは長女のミサ。13歳の中学生。

「ミサ、ご飯はみんながそろってからでしょ」

料理の手を止めずに、母であるユカが注意する。

「だって、お腹空《なかす》いたんだもん。ガマンできないよね、リコ」

話しかけられた妹のリコは、椅子《いす》に座《すわ》って足をぶらぶらさせながら答えた。

「リコは、お腹が空いていてもできるけど……」

まだ7歳の小学生だというのに、姉のミサよりしっかりしている。

その時、ガチャガチャ…ドタドタドタ！　玄関から騒《さわ》がしい音がした。

「大変だ！　大変だ！　すごいことが起こったぞっ！」

叫《さけ》びながら、一家の父ノブが部屋に飛び込んでくる。あまりにあわてすぎて玄関で転んできたらしい。痛《いた》そうな表情でヒザをなでている。

「お父さん、お帰り」

心配する様子もなくリコが言う。そんな光景はいつものことで、もう慣れたものなのだろう。

「いったい、何があったんです？」

母は、夫の調子に合わせて尋《たず》ねる。

「どうせ大したことじゃないわ。いつも、ちょっとしたことでも大げさに騒ぐんだもん」

いつもそんな余計な一言を言うのが、ミサの悪いクセだ。

しかし、そんなミサの言葉なんて気にもならないように、父ノブは笑って言った。

「まぁまぁ、みんながそろってから話そう。ジュン！　タク！」

その場にいない二人の名前を、大きな声で父が呼ぶ。

何度か呼んで、ようやく足音が聞こえてきた。

「お父さんお帰り。ごめんごめん、ちょっと壊《こわ》れた時計を分解して修理してて……」

バタバタとやってきたのが長男のジュン。16歳の高校生で、きょうだいの中では一番の年上だ。一緒に次男のタクも顔を出す。10歳の小学生だ。

「僕も、ゲームがいいところだったから……」

「また、ジュンは機械いじりで、タクはゲームか。好きなことがあるのはいいことだが……」

ジュンは手先が器用で、機械やコンピューターにも詳《くわ》しい。タクはゲームと電車が大好き。二人とも、夢中《むちゅう》になると周りが見えなくなることがある。

ミサ、リコ、ジュン、タク、そして、父ノブと母ユカ。これで家族が全員そろった。

父は家族全員を見回してから、もったいぶって話を始めた。

「みんな、驚《おどろ》かずに聞いてくれ！　……くじで地球周遊旅行が当たった！」

「地球周遊っ!?」

家族はみんな、驚きの声を上げた。しっかり者のリコも、ぽかんと口を開けている。

得意げにニヤニヤしながら、父は説明した。

「お父さんの勤めている会社ができて今年で50年目。つまり創業50周年だという話は前にしたよな。そこで『社員たちにもお祝《いわ》いを』ということで、抽選《ちゅうせん》で当たった社員に豪華《ごうか》なプレゼントが贈《おく》られることになったんだ。その1等が地球周遊旅行だったんだよ！」

「お父さんが、1等を当てたってこと？」

信じられないように、ミサが聞く。父は力強くうなずいた。

「そんな、何か悪いことでも起こるんじゃない？」

不安げなタクの言葉に、ジュンが続けて言う。

「本当に大丈夫？　何かダマされてない？」

「抽選の番号を見間違えてるのかも」

リコがそう口にすると、ミサも同意する。

「そうよ、さえないお父さんが1等を当てるなんてありえないわ」

「ちょっと、あなたたち、たとえお父さんの勘違《かんちが》いだったとしても、そんな風に言ったらかわいそうよ。お父さん、今までさえなかった分の幸運がたまっていたのかもしれないわ。それより、地球周遊っていったら、けっこうな長旅でしょ？　そんなに会社を休めるの？」

妻ユカがフォローになっているのかわからないフォローをした時、ムッとした父がキッパリと答えた。

「大丈夫《だいじょうぶ》だ！　ちゃんと会社の人にも確認してもらったから、当選は間違いない。家族全員分のチケットがもらえるそうだ。会社からのプレゼントなんだから、仕事もちゃんと休める。誰も信じてくれないようだが、本当に地球周遊チケットが当たったんだ。いいかい、一つの国にいる期間は1泊2日。つまり、国に着いて、その次の日には、また別の国に出発するんだ。泊《と》まるのは、基本的にはホテルじゃなくて、その国に暮らしている人の家。いわゆるホームステイみたいな感じだな。ホームステイする家つまりホストハウスと、そこに住んでいる家族つまりホストファミリーには事前に連絡が行っているから安心していい。どの国でもツアーのようなものはなくて、基本的には自由行動できることになっているそうだ」

「人の家に泊まってガイドもなしって、何だか貧乏旅行みたいな気がするけど……。それに、そんなに簡単に会社を長期間休ませてもらえるお父さんって……」

ミサがぼやくように言う。

「そんなネガティブなことばかり考えなくていいだろ？　それに、現地の人の家に泊まって直《じか》に触《ふ》れ合《あ》うほうが、その国の文化を味わえるってものさ。今回の旅行では、我々の文化や習慣にこだわるんじゃなくて、相手の国の文化を尊重しよう。『郷《ごう》に入《い》れば郷に従《したが》え』の精神で、初めての文化に飛び込もうじゃないか！」

父が熱く語ると、今度はジュンが口を出した。

「だけど、一つの国にいるのが1泊2日なんて、ずいぶん短いね」

「それでも地球の国を周遊しようと思ったら、かなりの期間がかかる。みんなも、ちょうどこれから学校は夏休みだろ？」

父がニッコリと微笑む。

とにもかくにも、こうして一家は、旅に出ることになった。

１等に当選したのが間違いではないとわかって、旅行の準備を進めるうちに、しだいに家族全員がワクワクし始めた。

長い間、自分の国を離れるのは、ちょっと不安もある。友だちにも会えなくなる。とはいえ、本当に世界旅行できるなら、「行かない」なんていう選択肢《せんたくし》はあり得ない。こんな機会、一生のうちでもめったにあるものじゃない。

そして、とうとう旅立ちの日が来た。

これから先、どんな国が、どんな文化が、どんな人々が待っているのだろうか。胸《むね》を高鳴らせて、彼らは空港までやってきた。

「大丈夫かな？　全然知らない国に行くなんて、いろいろ困《こま》ったりしないかな」

タクがつぶやく。すると、ミサが笑った。

「出たわね。タクの心配性。タクったら、本当に気が小さいんだから。なんかあったとしても、同じ地球の国よ。想像もできないほどの常識外のできごとなんて、起きるわけないから」

「ミサが図太《ずぶと》すぎるんだよ」

タクが口をとがらせた時、父はロビーで手を振っている人がいるのに気づいた。

この旅行を手配してくれた旅行会社の職員だ。訪れる国の地図やホストファミリーの情報が載《の》った資料を、ここで受け取ることになっていた。次々に国を移動していくから、これを読んで、移動中の機内で訪れる国やホストファミリーのことを頭に入れなくてはいけない。

「皆さん、この度は旅行にご当選なさって、大変おめでとうございます！」

旅行会社の職員はニコニコしながら、家族の父に資料と必要な備品を渡して言った。

「それでは、第二地球群《だいにちきゅうぐん》周遊旅行を、心からお楽しみください！」

その言葉に、みんな耳を疑《うたが》った。

「地球周遊」じゃなくて、「第二地球群周遊」？

「第二地球群」は、10年ほど前に惑星間交流が始まった地球から遠く離れた小惑星群だ。それぞれの星は地球よりもかなり小さく、多くの星が「一つの国」で成り立っている。そこに住む人々の姿《すがた》は、ほぼ地球人との違いはなく、環境や生活習慣なども、「地球と根本的に違う」ということもない。それゆえ、過ごしやすくはあるが、「あえて高い旅行代金を払ってまで行く必要はない」と考える人も多く、惑星間交流が始まっても、今ひとつ人気が出ない場所でもあった。惑星間の移動が、「星間シャトル船」という、小型の飛行機のようなロケットを使うことも、「惑星旅行の雰囲気《ふんいき》がない」と、不評《ふひょう》の原因であった。

地球の国であれば、知らない国でも、ある程度の想像ができなくはない。しかし、『第二地球群』となると、本当に何が飛び出すかわからない。思《おも》い描《えが》いていた、憧《あこが》れの地球一周予想図は、ガラガラと崩《くず》れ去《さ》ってしまった。

「お父さん、勘違いしてたの？　よく考えたら、世界の国々をめぐる旅を『地球周遊』なんて言わないよね。言うなら、『世界一周』とか『世界周遊』だよ」

受け取った資料と言語翻訳機《ほんやくき》を手に立ちつくす父に、ミサが引きつった顔で聞く。

「いや、でも、……『第二地球群』を旅行できるなんて、世界を一周するより貴重な体験だろ!?　むしろよかった。さらにボーナス旅行になったと、前向きに考えよう！」

無理に明るく微笑《ほほえ》んで、父が言った。もちろん、今さら、旅行の中止はできない。みなが口をそろえて言った。

「そういうことじゃないよ。全然、心の準備ができてないってことだよ」

こうして、地球のどこにでもいるような家族は、「第二地球群」の星々へ向かうことになった。

地球人――第二ではないほうの地球の人々――が、ほとんど訪れたことのない星も少なくない。この家族はまさに地球の代表、「地球一家」として、「第二地球群」に行くと言っても、言い過ぎではないのだ。

地球の空港から出た星間シャトル便が、そろそろ「第二地球群」の最初の星に着く。ここまで来たら、もう父の言う通り、前向きに楽しむしかない！

さぁ、これから地球一家がおじゃまします！

Chikyuikka ga
ojyamashimasu

地球一家が、おじゃまします。

著 トナミゲン
絵 カシワイ

Gakken

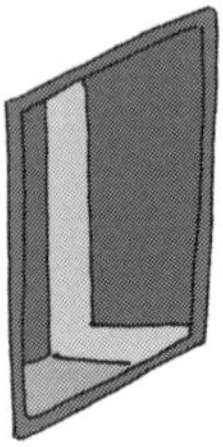

contents

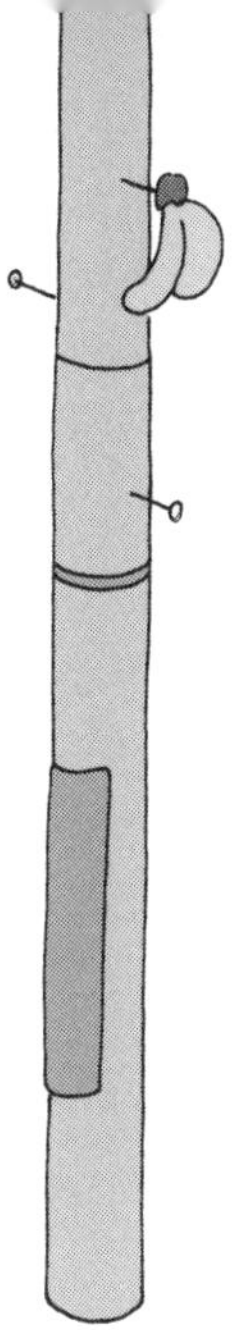

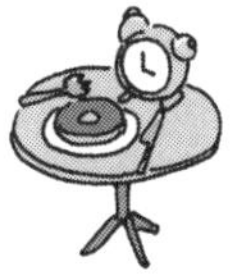

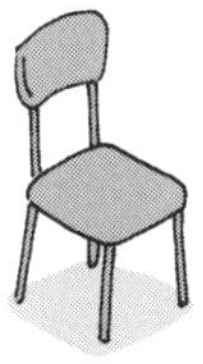

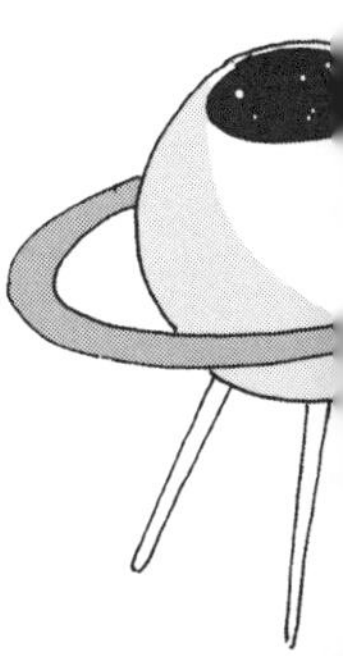

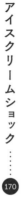

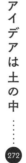

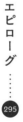

著 トナミゲン

東京都出身。逆転の発想、常識の落とし穴、
パラドックスなどのネタ収集に関心を持ち、本書のアイデアに生かす。

絵 カシワイ

イラストレーター・漫画家。
書籍の装画を中心に、幅広く活動している。

ブックデザイン／久保田紗代
執筆協力／森久人
編集協力／おかのきんや、相原彩乃、北村有紀、黒澤鮎見、
舘野千加子、原郷真里子、藤巻志帆佳、関谷由香理
DTP／四国写研

ノブ
父親。家族旅行のリーダー。
現在、地球の大手企業に勤務。
温厚で常識的で、ちょっと心配性。
タク
次男。小学生(10歳)。
鉄道マニアで、モノ集めや
ゲームに熱中しやすい。
優しい性格だけど優柔不断。
ジュン
長男。高校生。理数系に強く
機械いじりが得意だが、
失敗も多く、トラブルに
巻き込まれることも。
ユカ
母親。のんきで大らかだけど、
しっかり者。
小学校教師の経験があり、
いろいろなことにくわしい。
ミサ
長女。中学生。何ごとにも熱く
前向きで、快活かつ話し好き。
ちょっと怒りっぽいところがある。
リコ
次女。小学生(7歳)。
感情表現が苦手で無口。
実年齢より幼く見られがち。
記憶力が抜群。

便利なタクシー

星間シャトルの空港を出て、地球一家は大きく体を伸ばした。窮屈《きゅうくつ》なシャトル船に乗っていたため、体が固まってしまったように感じたからだ。周りを見渡しながら、皆が思った。

――また新しい星に来た。今度はどんなおもしろいものが見られるだろう。

街並みや景色は、地球とあまり変わらない。これは、第二地球群のどの星にも言えることだった。

しかし、すぐにミサがおかしなところに気づいた。

「道を歩いている人が1人もいないわ」

「その代わり、車が多いみたいだね」

ジュンの言う通り、道路を次から次に車が行きかっている。

「車で移動するのが常識の星なのかもな。道に飛び出して事故にあったりしないように、気をつけて行こう」

父ノブがそう言って、ホストハウスへ向かって歩き出した時、1台のワゴン車が近づいてきて止まった。ドアが開いて、運転席の男性がにこやかに声をかける。

「ようこそいらっしゃいました！　さぁ、乗ってください」

どうやらホストファーザーが迎えに来てくれたらしい。地球一家は喜んで車に乗り込んだ。

全員が乗り込むと、運転席の男性が言った。

「お客さんたち、どちらまで？」

地球一家は、声をそろえて「え？」と声をもらした。

「あなたは、私たちを迎《むか》えに来たホストファミリーの方ではないんですか？」

父が聞くと、男性は首を横に振って答えた。

「違いますよ。たまたま通りかかったタクシーです」

「でも、これは普通の自家用車《じかようしゃ》じゃないですか。僕たち、地球から来たんですけど、地球ではだいたいどの国でも、タクシーは、一目でわかるようになってますよ。車体にタクシーと書いてあったり、屋根に表示灯《ひょうじとう》があったり、正面には空車とか迎車《げいしゃ》とか書いてあったりとか……」

ジュンの言葉を聞いて、運転手はおかしそうに笑った。

「自家用車？　家に車をもっている人なんて、ここにはいませんよ。トラックでもない限り、道を走っている車はすべてタクシーです。タクシーに、いつでもどこでも乗れるんだから、自家用車なんかもつ必要がないんです」

その話に、地球一家は驚《おどろ》いた。ホストハウスまで、あまり距離はない。しかし、今さら降りるわけにもいかない。地球一家は結局、そのままタクシーに乗っていくことにした。

ホストハウスでは、ホストファミリーが家の前に出て、地球一家の到着を待っていた。タクシーから降りるところを見られた父ノブは、少し照れたように言った。

「いや、お恥《は》ずかしい。ほんのちょっとの距離なのにタクシーを使って……無駄遣《むだづか》いをする贅沢者《ぜいたくもの》に思われたかもしれない――そんな父の心配をよそに、Hファーザー《ホスト》は言った。

「とんでもない。当然タクシーで来られると思っていました。私たちには歩く習慣がありません。この星のタクシーはとても便利で、しかも安い。ちょっとご近所に行くだけでもタクシーを使いますよ」

軽い挨拶《あいさつ》をすませると、地球一家は客間に案内された。荷物を置いて、ホッと一息つく。

「走っている車がほとんど全部タクシーだなんて、すごいところだな」

ジュンのつぶやきに、母がうなずく。

「そうね。でも、助かったわ。短い距離とはいえ、荷物もあったし……」

みんなタクシーに乗って楽ができたことを喜んでいた。ただ1人、父だけが不満げな顔だ。

「タクシー嫌いのお父さんには、合わない星ね」

ミサに言われて、父は肩《かた》をすくめた。

「どうにもタクシーは好きになれないんだ。1年前の出張以来、特にね。ほら、地方の工場に1ヵ月間、出張していただろ？　毎日ホテルと工場をタクシーで往復《おうふく》してたんだけど、どうしてもタクシーに乗りたい雨の日に限って、タクシーが全然つかまらなかった……」

「どうして、雨の日はつかまらないの？」

タクの質問に父が答える。

「みんながタクシーに乗ろうとするから、空いている車がなくなってしまうのさ。走っているのはもう客を乗せてる車か、客を迎えに行く迎車ばかり。ものすごい大雨の日が1日あって、あの日は最悪だった。タクシー会社に電話しても、2時間もつながらず、結局大雨の中を歩くはめになったんだ。別にタクシー会社が悪いわけじゃないけど、肝心《かんじん》な時に頼りにならない、晴れの日にだけ傘《かさ》を貸してくれるような商売に思えてね……」

そんな話をしながら、少しゆっくりした後、地球一家は、せっかくなので観光したいと思った。しかし、もう夕飯前で、そんなに遠くへは出かけられない。H《ホスト》ファーザーに相談すると、5分で行けるところに大型スーパーがあるという。

「いいじゃない。明日の移動中に食べるお菓子も欲しいし、おもしろいものが売ってるかも」

スーパーに行くと言うミサに、母ユカとリコも賛成した。ジュンとタクはホストファミリーからこの星の話をもっと聞きたかったので、出かけずに待っていることにした。

「そうだなぁ、僕もスーパーに行こうかな」

父がそう言ったので、ミサたちは心の中で、「えー、来るの?」と思った。タクシーに乗って、楽をするつもりだったのに、父がいたら「タクシーに乗りたくない」と言い出しそうだ……。

そして、その予感は的中した。

「結構です。気持ちがいいので、歩くことにします」

家を出ると、すぐにタクシーが来て止まったが、父はキッパリ断った。タクシーの運転手が、意外そうな顔をして去っていく。タクシーを断る人が、本当に珍しいのだろう。

「たった5分の場所にタクシーなんて使ってたら、そのうち足が退化してなくなっちゃうぞ」

そんなことを言って、父は意気揚々《いきようよう》と歩いていく。ミサたちもしぶしぶ歩く。

何台ものタクシーが4人のすぐそばに来て止まったが、父はすべて断って歩き続けた。

しかし、10分以上歩いても、まるでスーパーが見えてこない。

「ねぇ、もしかして5分って、『車で5分』ってことじゃない?」

ミサが言う。考えてみれば、この星では歩くことが特別で、タクシーに乗るのが普通なのだ。移動時間はすべて車を基準《きじゅん》に話すはずだ。

「今からでもタクシーに乗らない?」

妻が提案するが、父も頑固《がんこ》だ。

「うーん、いや、せっかくここまで歩いたんだから。もう半分くらい来ているよ」

次々に来るタクシーを、父が断り続ける。そうやって、いちいち立ち止まるものだから、さらに時間がかかる。

結局最後まで歩き続けて、ようやくスーパーにたどり着いた。

ミサたちは、シャトル船の中で食べるお菓子や、地球では見ない珍《めずら》しい品物など、いろいろと買い込んだ。荷物が多ければ、帰りは父もさすがにタクシーに乗ることに賛成するだろう、と計算して、あえてそうしたのだった。

「さぁ、そろそろ帰ろうか?」

地球一家の皆が、そんなことを話しながらスーパーから出ると、いつの間にか外は雨が降り出していた。「これはタクシーだな……」と父がつぶやいたので、ミサたちは喜んだ。

近くを歩いていた人にタクシー乗り場の場所を尋《たず》ねたが、乗り場などないという。歩いていればタクシーはすぐ来るので、わざわざ乗り場なんてないのだ。

「なら、とりあえず歩き始めよう。みんな、折《お》り畳《たた》み傘《がさ》は持っているね」

父が歩き出し、母、ミサ、リコも後に続いた。すぐに前方から車が来る。

「おーい、タクシー!」

父がさっと手を上げて合図した。しかし、タクシーは止まらずに行ってしまった。

「雨で私たちが見えなかったのかも。それか、お客さんが先に乗ってたのか……」

残念そうにミサが言う。雨が激しくなってきて、今すぐにでもタクシーに乗りたい。そこにまた車が来て、今度は、母とミサが手を上げた。見逃されないように、大きく手を振る。しかし、タクシーはまた止まらずに行ってしまった。ミサが思いきり地団駄《じだんだ》を踏《ふ》む。

「どういうこと？　お客さんは乗ってなかったし、今のは絶対見えてたはずよ！」

「きっと迎車だよ。お客に呼ばれて迎えに行くタクシーだから、途中で人を乗せたりしないんだ。大雨の日に走っているタクシーの半分は迎車だと思ったほうがいい」

父がため息を吐《つ》く。

やがて風まで強くなってきた。全員の傘がひっくり返って、もはや役に立たない。

車は何台も通るが、どれだけ手を上げても、一台も止まってくれない。

「次こそ絶対止めなくちゃ！　リコ、あなたが頼りよ」

ミサがリコを前に押し出して指示を出す。

「いい？　できるだけ哀《あわ》れな顔をして手を振るのよ。雨に濡れたかわいそうな幼い少女を見れば、たとえ運転手が悪魔《あくま》でも、タクシーを止めずにはいられないはずよ！」

リコはできるだけ悲しい表情でタクシーに向かって両手を振った。ミサが感心する。

「すごいわ、リコ。不幸で哀れな女の子を演じたら世界一かも！　ああ、でも……」

タクシーは速度を落として近づいたように見えたが、また加速して通り過ぎてしまった。

「今のは絶対に迎車じゃない。ゆっくり走ってた。きっと乗車拒否よ。私たちがびしょ濡《ぬ》れだから」

怒る気持ちすら失って、ミサががっくり肩を落とす。父がみんなを励《はげ》ます。

「さぁ、みんな、タクシーには乗れないことを覚悟《かくご》して歩こう。こうなる気がしたんだ。雨が強ければ強いほど、タクシーはつかまらない。必要なときに限って、タクシーは止まらない。父さんの言った通りだっただろう？」

ミサとリコと母は力なくうなずく。ミサは弱々しい声で言った。

「お父さんの体験談が本当だって、身をもって思い知ったよ」

ようやくホストハウスにたどり着いた時、ミサたち4人は頭から足の先までずぶ濡れの、ひどい有様《ありさま》だった。その姿に、ジュンとタクも、ホストファミリーも目を丸くした。

「まさか、この暴風雨《ぼうふうう》の中を歩いて帰るなんて、そこまでタクシー嫌いとは知りませんでした」

Hファーザーに、ミサが答える。

「いえ、違うんです。タクシーが全然つかまらなくて」

「そんな馬鹿な。スーパーからここまで1台も出会わなかったなら、万に一つの運の悪さです」

「タクシーは何台も走っていたんですけど、1台も止まってくれなかったんですよ。先に乗っているお客さんもいなかったのに。迎車だったのかもしれませんが……」

母ユカの言葉に、Hファーザーは首をひねる。

「迎車なんて、めったにないんですけどね。タクシーはどこにでもいるから、電話で呼ぶ必要なんてないんですよ」

ミサが反論するように言う。

「でも私たち、必死に手を上げて止めようとしたのに、1台も止まってくれなかったんです」

「え？　タクシーに向かって、手を上げたんですか？」

Hファーザーは驚きの声を上げた。

「それじゃ止まってくれるはずがありませんよ。手を上げるのは、タクシーに乗らないという合図ですから」

それを聞いて、今度は父ノブが驚きの声を上げた。

「何ですって？　それじゃ地球と正反対です。乗るために合図を出すならともかく、乗らないことをわざわざ手を上げて知らせるなんて、おかしいですよ！」

「少しもおかしくないですよ。私たちはタクシーに出会ったら、乗るのが当たり前なんです。乗らないとしたら何か特別な理由がある時なので、そんな時だけは手を上げて、乗らない意思表示をするんです」

ミサたち４人は、あっけにとられてしまった。

「帰り道はタクシーがまったく止まってくれなくて、不思議に思わなかったんですか？」

Ｈファーザーに聞かれて、父ノブが答える。

「ものすごい雨でしたから。大雨の日はタクシーに乗れなくても無理はないと……」

「雨だから？　タクシーと天気と、何の関係があるんです？」

「え？　それはもちろん、雨の日は乗りたい人が増えるから、空車が少なくて……。いや、待てよ。ここではそんなことないのか」

「そうですよ。私たちは、晴れていようが雨が降ろうが、タクシーに乗るんです。だから、雨の日だけ空車が減ってしまうなどということはありません」

　この星の常識で考えてみれば、タクシーに乗らない時に手を上げるのも、雨の日に空車が減らないことも当然だ。しかし、人はどうしても、自分の中の常識で物事を考えてしまう。

　父ノブ、母ユカ、ミサ、リコは、疲《つか》れ果《は》てた表情で苦笑いするしかなかった。

　翌《よく》日《じつ》、雲一つない晴天の下、地球一家はホストハウスを出て、空港へ向かった。せっかくだから、タクシーに乗ろうということになって、父も「最後だしな」と賛成した。

　やがて前方から、ワゴン車のタクシーが近づいてきた。

「ラッキー。ちょうどいい。あれなら一台でみんな乗れるぞ！」

　ジュンはそう言うと、タクシーを止めようと手を上げた。それを見て、タクシーは素通《すどお》りして走り去ってしまった。

「しまった！　わかってたのに、つい反射的に手を上げちゃった。みんな、ごめん」

　ジュンが振り向くと、他の家族も手を上げたまま固まっていた。タクシーを止めようと、みんな思わず手を上げてしまったらしい。身についた常識や習慣を変えることは、本当に難しい。

斬《ざん》新《しん》党《とう》ばんざい

「ねぇ、この道、何だろう？」

星間シャトルの空港から歩いてホストハウスへ向かう途中、タクが言った。タクの指は、道の脇にある階段を指さしている。その下り階段は、どうやら地下道に続いているらしい。

「どうやら、その地下道を通ったほうが近道みたいだな」

地図を見ながら父ノブが言う。

父の地図の見方が本当に合っているかはわからないが、何か意味ありげな雰《ふん》囲《い》気《き》の地下道だ。ライトで明るく照らされているので、危険がありそうには見えない。

「せっかくだから通っていきましょうよ！　何かおもしろいものがあるかもしれないわ」

ミサが階段を降り始める。ちょっとワクワクしながら他の地球一家も後に続いた。

地下道に入ると、地球一家はすぐ不思議なものに気づいた。片側の壁《かべ》に、おかしな絵が貼《は》ってあるのだ。赤い丸、青い四角、緑の三角、黄色の星型、紫色《むらさきいろ》のだ円形が組み合わさった横長の長方形の奇妙な1枚の絵――しかも、まったく同じ絵が何枚も横に並んで貼られている。

この絵はいったい何だろう？　地球一家は、絵を見ながら歩き続けた。100枚以上、まったく同じ絵が並んでいる。このまま永遠に続くのかと思った時、急に違う絵が現れた。色合いは似ているが、小さな丸や四角や三角が数多く描かれている。

その隣に並ぶ次の絵を見ると、また元の絵に戻っている。違う絵はその1枚だけ。不思議に思いつつ、地球一家が歩き進めると、元の同じ絵がまた100枚以上続いた。

10分ほど歩いて、ようやく地下道の出口が見えた。結局、途中の1枚を除いて、まったく同じ絵が何百枚も並べられていたことになる。

「あの絵は何？　他に変わったものはなかったけど、何のための地下道だったのかしら？」

ミサが首をひねると、ジュンも疑問を口にした。

「1枚だけ違う絵があったけど、中間地点の目印か何かだったのかな？」

地上に出て歩きながら、謎《なぞ》の地下道について、あれこれ話しているうちに、地球一家はホストハウスにたどり着いた。

ホスト《H》ファーザーとホスト《H》マザー、そして中学生の一人娘ミラザが、地球一家のことを待っていた。

「間に合ってよかった！　まもなくこの星の首相がここに到着します。もちろん、皆さんを歓《かん》迎《げい》するためです」

リビングに案内されながら、H《ホスト》ファーザーにそう言われ、地球一家は驚《おどろ》いた。

まさかただの旅行者を、首相が歓迎しに来るなんて。Hファーザーが説明する。

「首相は、この星最大の政党である斬新党《ざんしんとう》の党首でもあります。首相だけでなく、斬新党を支持する国民はみんな、斬新なものが大好きです。とにかく目新しいものに飢《う》えています。実は皆さんは、この星にとって初めての地球からの旅行者なのです。皆さんが、私たちにとって何か新しいものをもたらしてくれるのではないかと、首相は期待しているのですよ」

やがてチャイムが鳴って、玄関から高齢の男性が入ってきた。ジャージ姿に、帽子《ぼうし》をかぶった、ずいぶんラフな格好の男性だ。

「首相！　お待ちしておりました」

Hファーザーが叫《さけ》ぶように言う。それを聞いて、地球一家はまた驚いた。

まさか、首相が一人でこんなにフラッとやってくるとは。行動も服装も、いわゆる首相らしいものとはほど遠い。斬新さを求める斬新党の党首としては、それで正しいのかもしれない。

まじまじと首相の姿を見て、地球一家はハッとした。首相の帽子に、見たことのある刺繍《ししゅう》を見つけたからだ。その刺繍は、地下道で何百枚と見た、あの絵と同じ図柄だった。

すると、首相は帽子を脱いで、その刺繍を指さして話し始めた。

「これは、この星の旗《はた》――つまり星旗《せいき》です」

あの絵は星のマークだったのか。どうして地下道にあんなに並べて貼ってあったかはわからないが、謎が一つ解けた。しかし、首相の次の言葉は、地球一家の頭に新たなハテナを浮かばせた。

「より正確に言えば『今月の星旗』です」

今月の星旗？　まるで今月以外、先月や来月には違う星旗があるような言い方だ。星旗が月によって変わるなんて、そんなの聞いたこともない。

わけがわからずにいる地球一家に、首相が言う。

「斬新党を支持するこの星の多くの人々は、新しいものに飢えています。そこで、星旗も毎月、新しいデザインを募集《ぼしゅう》して、常に新しく選ぶことになっているのです。今日は月の最後の日ですから、来月の星旗の応募の締《し》め切《き》り日《び》になります。皆さんにもぜひ案を出して協力していただきたい。地球の皆さんの斬新な発想に、心より期待しています」

首相は、帽子をかぶり直し、地球一家の父と固く握手《あくしゅ》を交《か》わすと、家を出て行った。ホストファミリーは玄関の外まで首相を見送って、その後ろ姿に向かって声をそろえて叫んだ。

「斬新党、ばんざい！」

この星の人々は、本当に心から斬新党を支持し、星を愛しているらしい。星旗があんなに並べてあったのも、そのせいなのかもしれない。

リビングに戻ると、Ｈファーザーは地球一家に言った。

「星旗の応募の件について、詳しくご説明しましょう。新しい星旗は、募集したデザインの中から、住民投票の多数決で決めます。娘のミラザはデザインの勉強をしているので、毎月応募しているのですが、なかなか票が集まりません。デザイン案の応募は、この星の住民に限ると法律で決められていますので、地球の皆さんには、ミラザに協力するという形で、斬新なアイデアをお貸しいただきたいのです」

首相じきじきの頼みごとだ。断るわけにはいかない。

「いや、しかし、僕も妻も、デザインのセンスはあまり……」

事の大きさを感じて、父ノブがしり込みしていると、ミサが話に割り込んだ。

「それなら、私に任せてよ！　ね、ミラザさん、私と一緒に考えましょ！」

実はミサは昔から、デザインの仕事に憧《あこが》れていたのだ。自分のデザインが星旗になるなんてチャンス、地球ではまずありえない。

ミサはすぐにミラザと部屋にこもって、あれこれ相談しながらデザインを描き始めた。途中、ジュンとリコとタクが部屋に行って、好き勝手な意見を言って邪魔《じゃま》をしたりしたが、
1時間ほどたった頃、2人はついにデザインを完成させた。

猫の姿《すがた》をかたどった、カラフルでなかなか個性的なデザインだ。

「この国とは違う文化の香りがする珍しいデザインだわ！　これなら、これまでとは違う新しい星旗として選ばれるかも！　斬新党ばんざい！」

ミラザが感激し、ミサを抱きしめる。ミサにとっても満足のいくデザインだった。

採用される星旗を決める住民投票は、その日の夜7時からだった。時間になって、リビング

に置かれたコンピューターの画面の前に、ホストファミリーと地球一家が集まる。

「今月も1万個を超える作品が集まっているわね」

コンピューターを操作しながらミラザが言う。その言葉に地球一家は驚いた。

「そんなに!?　それを全部見て、投票するの?」

ミサが聞くと、ミラザはうなずく。

「うん。すべての応募作品を見て、自分の感性で一番いい作品を選んで投票するのがルールで、それが私たちの誇りなの。そうでないと、人間関係の強さで票数が決まってしまうかもしれないでしょう?　父さんも母さんも、娘の作品だからってひいきして投票したりしないわ」

「厳《きび》しいのねぇ。でも、1万もの作品も見ていたら、何時間かかるか……」

「大丈夫。このコンピューターの画面に、一度に100ずつ表示できるの。3秒ごとに画面を切り替えていけば、1万個でも5分で終わるわ」

「100種類をたった3秒で!?」

リコがビックリした声を上げると、ミラザは笑った。

「大丈夫《だいじょうぶ》。本当に斬新な作品は、どんなたくさんの作品の中に埋《う》もれていても、浮かんで見えてくるものなの。逆にそのくらい斬新じゃなきゃ、星旗にふさわしくないわ」

そう言ってミラザは、ズラリとエントリー作品の星旗が並んだ画面を切り替え始めた。

本当にこんな見方でわかるのだろうか。地球一家は信じられない気持ちだったが、何度か画面が切り替わった時、ミサが画面を指さして叫んだ。

「あ、あった！　私たちの作品！」

完成した後、コンピューターを通して応募したミサとミラザの共同作品が、ちゃんと画面に載《の》っていた。たくさんの作品の中にあるのに、パッと目についたのだ。

「ね、100あっても、気になるものは意外と見つけられるでしょ」

ミラザが言う。たしかに、自分の作った作品とはいえ、こう簡単に見つけられるとは。短い時間だからこそ、自分の気持ちに引っかかるものが、逆にわかりやすいのかもしれない。

しばらくして、今度はジュンが一つの作品を指して叫んだ。

「あ！　これ、今の星旗と同じじゃない？」

あの地下道で、嫌《いや》というほど見たせいで、目に焼きついている。100個の中で浮き出て見えてきたのも無理はない。

「おっしゃる通り、現在の星旗です」

Hファーザーが困ったような顔をして答えた。

「実はこの星には、保守党《ほしゅとう》の支持者がいるのです。彼らは、世の中をいっさい変えたくない人々で、国民の1%を占《し》めています。それで毎回同じ星旗を応募して、それに投票するんですよ。これも彼らの権利ですから、仕方がありませんがね……」

やがて、本当に5分ほどですべての作品を見終わると、ホストファミリーは、コンピューターを操作して投票をした。ミラザは、ミサと一緒に作った作品に票を入れたが、残念ながらHファーザーとHマザーは、それぞれ別の作品を選んだ。投票した作品は3人バラバラだ。

「さあ、これで明日の朝には結果が発表されて、新しい星旗になります。実は、明日はちょうど10年前に政府が制定した『斬新記念日』という祝日でしてね。仕事も休みですから、みんなで結果を確認できますよ」

Hファーザーがにこやかに言った。

もしかしたら私たちの作品が……。その日、ミサはドキドキして、なかなか眠れなかった。

翌朝、ホストファミリーと地球一家は、早起きしてリビングに集まった。もう投票の結果は出ているはずだ。ミラザがコンピューターを操作する。

自分たちの作品が選ばれているように、ミサは手を合わせて祈《いの》る。そして、画面に一番多くの票を獲得した、新しい星旗が表示された。

ミサはあっけにとられた。それは、ミサとミラザの応募した作品ではなかった。そこに映し出されたのは、なんと、昨日までと同じ、地下道で見た、あの星旗だったのだ。

「地球の方のお知恵をお借りしても、この強敵を倒《たお》すのは無理でしたか……」

Hファーザーがため息を吐く。Hマザーもミラザも、ガックリとしている。

「強敵ってどういうことです？ なんでこの星旗が？ これに投票するのは、保守党の人たちだけでしょ？ 住民の1%しかいないはずなのに、なんで……」

納得できないミサをなだめるように、ミラザが話す。

「保守党支持者は1%しかいないけど、彼ら全員の票がこの一つの作品に集中するの。斬新党支持者は国民の99%を占めているけど、それぞれ独自の、斬新なものを愛する感性をもっているから、みんな違うものを選んで票が大きくわかれてしまう。それで結局、票がバラけて、どれも1%に満たなくなるの。斬新党のみんなの票が集中するような、他を圧倒するほど斬新な作品が応募されない限り、勝ち目はないのよ……」

もはや言葉を失う地球一家に、Hファーザーが言った。

「地球の皆さん、そろそろご出発の時刻ですね。空港までお見送りしましょう。その途中でぜひ見ていただきたいものがあります。がっかりされたついでに……」

見てほしいものとは何だろう？　地球一家はHファーザーと一緒に家を出て歩き出した。

「歴代の毎月の星旗を、今のものから昔にさかのぼって、順に全部見られる場所があるんですよ」

Hファーザーはそう説明して、地球一家を案内した。

その場所まで来て、地球一家はこの星を訪れてから一番の驚きを味わった。

そこは、あの地下道だった。あの絵——同じ星旗が何百枚も並んだ地下道だ。

Hファーザーはむなしげに、地球一家へ説明を始めた。

「おわかりですね。星旗を毎月投票で決めようとしても、ふたを開けてみると、毎月同じ星旗が選ばれます。実はこの星旗は、斬新党が誕生する前の、この星の星旗だったんですよ」

Hファーザーは話しながら、地下道を歩いていく。

「斬新党が結成されたのと同時に、毎月新しい星旗を掲《かか》げていく目的で作った地下道だったのに……。どうあがいても、わずか1％の保守党に勝てない。それは星旗の投票に限ったことではなく、この星のあらゆることに当てはまります。首相はいろいろ奇抜《きばつ》なことをしようとしていますが、実際、この星に斬新なものなど一つもない。20年以上前と何も変わっちゃいないんです」

やがてHファーザーと地球一家は、地下道の真ん中あたりまで来た。Hファーザーは、あの1枚だけ違う絵の前で足を止めた。

「過去にたった一度だけ、別の作品に多くの投票が集まったことがあったのです。当時の首相は大いに喜んで、その日を『斬新記念日』という祝日にすることに決めました。ちょうど10年前の今日の出来事です。ああ、斬新党ばんざい！」

ありがとうは？

「全然見つからない……本当にここで落としたんですか？」

腰《こし》を伸《の》ばして叩《たた》きながら、ミサが言った。

ちょうど30分ほど前、新しい星について、地球一家が星間シャトルの空港を出ると、道端《みちばた》で一人の男性が腰をかがめて、困った表情でうろうろしていた。話を聞いてみると、財布《さいふ》を落として探しているのだという。

それで、地球一家も探すのを手伝うことにしたのだが、財布はまるで見つからない。

「落としたのなら、このあたりだと思ったのですが……」

男性はため息をついて、地球一家のほうに顔を向けた。

「……他の場所を探してみます。では」

そう言うと、男は早足で去っていってしまった。

「何よ！　一緒に探してあげたのに、『ありがとう』の一言もなし？」

「まぁ、財布を見つけてあげることはできなかったし……」

ムッとするミサに、タクが言う。だとしても、手伝ってもらったのは事実なのだから、お礼の一つくらい言うべきではないかと、ミサは納得がいかなかった。その時、リコが声を上げた。

「ねぇ、財布って、あれじゃない？」

見ると、遠くのベンチの下に、小さい財布らしきものが落ちている。ベンチの足の陰《かげ》にあって、見落としていたらしい。ミサは財布を拾うと、男性を追って走り出した。

足の速いミサは、すぐに男性に追いついて、財布を渡した。お礼を言われなかったことで、ミサはちょっとむきになっていた。きちんと財布を見つけたのだ。これで文句はないだろう。

「あー、これです、これです！　見つかってよかった」

ミサは今度こそ「ありがとう」をもらえると思い、言葉を待った。しかし、期待の目を向けるミサを不思議そうに見返しただけで、男性はそれ以上何も言わず、歩いていってしまった。

唖然《あぜん》としながら、ミサは思った。

――もしかして、ここは、お礼を言わないのが当たり前の星なのだろうか。だとするなら、なんて失礼な星だろう！

そんなことがあって、モヤモヤした気分のまま、ミサは、家族とともにホストハウスに向かった。到着すると、地球一家はすぐ近くの食堂に案内された。そこは、ホストファミリーが家族で経営している食堂で、昼食をご馳走《ちそう》してくれるという。

ホストファーザー《H》とホストマザー《H》、そして、息子のサガトとチムトが、食堂の名物のフライドフィッシュを出して、地球一家を歓迎《かんげい》してくれた。

サガトは小学生で、チムトはまだ幼児《ようじ》だ。地球一家に、チムトは舌足らずな声で言った。

「また会いましょう」

すると突然、ホストファミリーみんなが笑い出した。

「ワッハッハッハ！　チムト、『また会いましょう』は、お別れの挨拶《あいさつ》だよ。初めて会った時は『はじめまして』と言わなきゃいけないよ」

H《ホスト》ファーザーが言うと、チムトは「まちがえちゃった」と言って、顔を赤くして笑った。

その様子を見て、思わずミサは言った。

「ちょっと間違えたくらいで、そんなに笑わなくてもいいじゃないですか」

Hファーザーは、首を横に振って答えた。

「これがこの星のしつけなんです。笑われて恥《は》ずかしい思いをすることで、子どもは言葉を覚える。この星では、人と人とのつながりをとても大切にしています。大人も子どもの手本になるよう、いつも気をつけていますが、特に言葉の挨拶は、人と触れ合う上で基本中の基本です。きちんと言えるようにしなくてはなりません。『こんにちは』『すみません』『ありがとう』……」

「ありがとう」と聞いて、地球一家は顔を見合わせた。

Hファーザーの言う通りなら、空港であった男性が「ありがとう」と一度も口にしなかったのはなぜだろう？

その疑問に答えが出たのは、昼食の後、地球一家が観光に出かけたときだった。

地球一家は、ホストファミリーとバスに乗った。食堂は昼の営業が終わると、夜まで店を閉めるらしい。それで、ホストファミリーが一緒に観光地を回ってくれることになったのだ。

バスの中は少し混んでいたが、父ノブの目の前にちょうど空席があった。しかし、ホストファミリーのサガトが、横から割り込むようにして、サッとその席に座ってしまった。父ノブが驚いていると、サガトはすぐに立ち上がって言った。

「どうぞお座りください。さ、どうぞ!」

席を奪《うば》ったと思ったら、すぐさま譲《ゆず》ってくれるとは……。わけがわからなかったが、うながされるまま、父は席に座った。満足そうな顔でそれを見て、サガトは言った。

「ありがとうは?」

父ノブは、何を言われたかわからなかった。サガトが、同じ言葉を繰り返した。

「ありがとうは?」

「あ、あ、ありがとう。うん、どうもありがとう」

とまどいながら父は答えた。席を奪われてすぐに譲られたことも意味がわからなかったが、こんなにはっきりお礼を言うことを要求されるなんて、面食らわずにはいられなかった。

父ノブの「ありがとう」を聞くと、サガトは嬉しそうに、首から下げていたペンダントのボタンを押した。その時、そばに立っていたHファーザーが口を出した。

「ダメだぞ、サガト。今のはルール違反だ。横から割り込んで席をとって、それを譲っても『ありがとう』を言われる価値はない。ポイントを取り消しなさい」

何が何だかわからないことばかりで、父ノブはHファーザーに聞いた。

「あの、なんなんですか？　そのペンダントは？」

Hファーザーは微笑《ほほえ》んで説明した。

「これは、子どもたちが、どれだけいいことをしたか記録するための装置です。子どもたちは、他人から『ありがとう』と言われるたびに、ボタンを押すんです。こうして記録されたポイントは、勉強の成績よりもずっと重視されますから、子どもたちも進んでがんばります。5歳《さい》になるとペンダントを渡されますので、小さいうちから人に親切にする習慣が身につくんですよ」

Hファーザーは、胸《むね》を張って続けた。

「人とのつながりを大切にするこの星らしい、とてもいいシステムだと思いませんか？　もちろん自分は親切にしたつもりでも、相手にとっては親切になっていないということもあるので、あくまでボタンを押せるのは、『ありがとう』と言われた後というルールになっています」

周りを見てみると、サガトだけでなく、他の子どももペンダントをしている。

たしかに子どもたちは、進んでいいことをしていた。大きな荷物を棚《たな》に上げようとしているおばあさんを手伝ったり、降りるバス停がわからない人に教えてあげたり。しかし、その後で必ず「ありがとうは?」と聞くのだった。

親切にすること自体より、「ありがとう」と言われることが目的になってしまっているみたいだ、とミサは思わずにいられなかった。

地球一家がさらに驚いたのは、Hマザーが落としたハンカチを、近くに座っていた中年の女性が拾った時だ。中年女性はHマザーにハンカチを手渡して、それから言った。

「ありがとうは?」

まさか、大人まで? 中年女性の首にペンダントはかかっていない。

しかし、Hマザーは、それが当たり前のように、普通に答えた。

「ありがとうございます」

どうやら、子どもの時からそうしているせいで、大人でも「ありがとうは?」と聞くのが、そのまま習慣になっているらしい。

バスの中で「ありがとうは?」という声が聞こえてくるたび、ミサはなんだかムズムズした気持ちになった。そんなことに気をとられていたせいだろうか、ようやく目的地について、バスを降り、歩き始めてすぐ、ミサは、自分の帽子《ぼうし》がないことに気づいた。

「あっ！」と思って、急いで振り返るが、もうバスは去ってしまっている。

席が空いて座った時に帽子を脱《ぬ》いで、そのまま置いてきてしまったのだ。しまった、と思った時、誰かがミサの手を引っ張った。見ると、チムトが帽子を差し出している。

「帽子、忘れてたよ」

ミサは喜んで帽子を受け取ると、チムトをしばらく無言で見つめた。

「……あっ、ありがとう！」

ハッとして、ミサはお礼を言った。バスの中で何度も聞いていたせいで、つい「ありがとうは？」と聞かれるのを待ってしまったのだ。チムトはまだペンダントをもらっていないから、その習慣は身についていないのだろう。

その時、ミサはふと気づいた。もしかして空港の前で会った男性も、同じだったのかもしれない。こちらが「ありがとうは？」と言わなかったから、向こうも何も言わなかったのだ。

「ありがとうは？」「ありがとう」——観光している間も、いろんな場所で、そんなやり取りをしているのが耳に入った。大人も子どもも、みんな同じだ。

ミサは、あまり観光に集中できなかった。

この星の子どもたちは、「ありがとう」と言われてポイントを稼《かせ》ぐことに夢中だ。ポイントを稼ごうとするあまり、「ありがとうは？」と言って催促《さいそく》する習慣までついている。その習慣が大人になっても続く。そして、お礼を言うほうも、「ありがとうは？」と言われるのを待つ習慣がついていて、自分からは決してお礼を言わない。

それって、なんかおかしい――そんな思いを、ミサは消すことができなかった。

翌日の朝、地球一家は出発の支度をして、食堂に向かった。ランチタイムのための仕込みをしているホストファミリーと、そこで別れの挨拶をすることになっていたのだ。

食堂の扉を開けて、地球一家は驚いた。

調理場から、もくもくと煙《けむり》が噴《ふ》き出《だ》している。急いで駆《か》け込《こ》むと、コンロの上の鍋《なべ》の油が火を上げて、調理場は炎に包まれていた。うろたえた顔で立っているサガトに、チムトがおびえた様子ですがりついている。

「どうした！」

あわててジュンが聞く。

「お母さんとお父さんが、足りない食材を買いに行って……代わりにフライドフィッシュを作ったら、『ありがとう』って言ってもらえるかなって……そしたら、油に火がついて……」

サガトは、水の入ったバケツを持っていた。今にもかけようとしていたらしい。ジュンがあわてて取り上げる。燃えている油にそのまま水をかけたら、弾《はじ》けてもっとひどいことになる！

「消火器、消火器はどこだ？」

父ノブが聞くが、サガトもチムトもパニックで答えられない。父はリュックサックからタオルを取り出して水につけ、炎に向かって投げた。しかし、火はどんどん勢いを増していく。

そこへ、ミサが消火器を２本抱えてきた。

「消火器を見つけたわ！」

父とミサは消火器の栓《せん》を抜いて、夢中で火に吹きかけた。

その時、Ｈファーザーと Ｈマザーが戻ってきて、炎を見て悲鳴を上げた。おろおろする２人を無視して、父ノブとミサは火を消し続ける。しだいに火は小さくなり、やがてすべて消えた。

全員が疲《つか》れ果《は》てた表情でキッチンの床に座り込んだ。みんなホッとして、体の力が抜けたのだ。ホストファミリーは、無言のまま地球一家のほうを見ている。

「なぁ、『ありがとうは？』って聞いたほうがいいかな？　みんな、それを待っているみたい」

ジュンにささやかれて、ミサは腹が立った。こんな時でも、自分から「ありがとう」と言えないなんて！

「ほっときなさいよ。お礼を言ってほしくて火を消したわけじゃないもの」

その時、サガトの陰《かげ》に隠《かく》れていたチムトが顔を出した。チムトは地球一家を見つめて、それから言った。

「ありがとう」

地球一家は驚いてチムトを見つめた。「ありがとうは？」の言葉なしに、「ありがとう」と言う人間を、この星に来て初めて見たのだ。チムトはもう一度言った。

「ありがとう」

地球一家は、みんな微笑んだ。特にミサは、体の底から嬉しさが沸《わ》き上がるようだった。

しかし、Ｈファーザーが、いきなり大笑いを始めた。

「ワッハッハッハ！　チムト、おかしいぞ。自分から『ありがとう』と言い出すなんて！」

それを聞いて、Ｈマザーとサガトも一緒になって笑い出した。

チムトは、照れ笑いをしながらつぶやいた。

「また、まちがえちゃった」

ミサは奥歯をかみしめた。きちんとお礼を言った子を笑う。いくらこれがこの星のしつけでも、とても我慢《がまん》できない。それから、チムトに向かって優しく言った。

「あなたは、間違ってないよ」

そしてミサは、Hファーザーのほうをにらんで叫んだ。

「チムトくんは心からお礼を言ってくれました。人に催促されなくても、お礼を言うべき時には、お礼を言うべきじゃないですか？　それを笑うなんて、間違っているのは皆さんのほうじゃないんですか？」

ポカンとするホストファミリーを残して、そのままミサは、食堂を飛び出した。

他の地球一家が追いついた時、ミサはもうシャトル船の中で、シートに座ってむくれていた。

「そんなに怒らないで、ミサ」

母ユカがミサに優しく話しかけた。

「この国の人はおかしいわ。本当に失礼よ！　人とのつながりを大切にするなんて言って、お礼の一つもまともに言えないんだもの！」

強い口調で言うミサに、母は静かに首を横に振った。

「そうかしら？　『自分が親切だと思っても、相手にとって親切じゃないことがある』と、この星の人は言っていたでしょう。同じように、私たちが失礼だと思っていることが、相手にとっても失礼とは限らない。この星では、相手が『ありがとう』と言う前に、『ありがとうは？』と聞くのが作法なのよ。きっと何も言われてないのに『ありがとう』と言うのは、この星の人にとっては逆《ぎゃく》におかしいことなんだわ」

母はゆっくりと、話を続けた。

「私たちも、食事に招《まね》かれたとき、『召《め》し上《あ》がれ』と言われてから、『いただきます』と言ってご飯を食べるでしょう？　『どうぞ』とか『いらっしゃいませ』と言われてから、『お邪魔しま す』と言って家に入る。相手が何も言わないうちにズカズカ部屋に上がったら、どう思われるかしら？　それと同じことかもしれないわよ？　もちろん、この星の人たちだって、完璧《かんぺき》ではないけど、もしそうなら、本当に失礼だったのはどっちかしら。この星の人と、相手が失礼だと決めつけて、『ありがとう』と言うチャンスをあげなかった私たちと……」

それを聞いて、ミサはハッとした。ミサは何も言い返せず、しばらく黙《だま》って考え込んでいた。

自分は、ずっとこの星が間違っていると決めつけて怒っていた。たしかに子どもはポイント目当てで人に親切にしているかもしれない。でも、大人になってポイント制度がなくなってからも、親切を続けている人もいた。チムトだって、言葉の間違いを笑われても、悲しい顔はしていなかった。家族が、本気で自分を馬鹿にしてはいないことを、ちゃんと知っていたのだろう。

ミサは、この星に来てからのことを、一つひとつ思い返してみた。

果《は》たして本当に、正しいのは自分で、間違っているのがこの星のほうだったろうか？

ミサは母を見つめた。

——私が飛び出した後、母はホストファミリーに何と言ったのだろう。私は、自分の家族にも迷惑をかけてしまった。

シャトル船が出港して、今までいた星から遠ざかっていく中、やがてミサはつぶやいた。

「お母さん。私、いつかもう一度この星に来て、ホストファミリーに会うわ。よく話して、この星の文化について考えてみたいの。それに、ちゃんと言わなきゃ。事情もよく知らないのに怒鳴《どな》って『ごめんなさい』って。人と触《ふ》れ合《あ》う上で、挨拶の言葉は基本中の基本だもの……」

歩き方のルール

「ホストハウスまで徒歩《とほ》5分なら、そろそろだと思うんだが……」

父ノブが、キョロキョロしながらぼやいた。

「父さんに任《まか》せろ」と、父が地図担当になって、結局道に迷うのはよくあることだ。とはいえ、地図によれば、今回は空港からホストハウスまでまっすぐ一本道。迷うはずがない。

「誰かに聞いてみたら……きゃっ！」

リコが思わず声を上げる。すぐそばを、ものすごい速さで通行人が通り過ぎていったのだ。

歩いているが、まるで走っているようなスピードだ。

見れば、周りを歩いている人は、誰も彼も異常な速さで歩いている。

「この星の人はみんな、ずいぶん早足なんだな。動画を倍速再生《ばいそくさいせい》で見てるみたいだ」

ジュンの言葉にタクが答える。

「きっと何か事件があったんだよ。さっきから救急車のサイレンが鳴りっぱなしだし」

言われてみると、やたらとサイレン音が聞こえる。

「でも、急いでるようには見えないわ。こんなに速いのに、みんな平気な顔をしているもの。『いつも通り、ふつうに歩いてます』って感じ。とにかく、私、道を尋《たず》ねてみる」

しかし、ミサが声をかけても、足が速すぎるせいか、みんな気づかずに通り過ぎてしまう。

ミサは業《ごう》を煮《に》やして、道をふさぐように通行人の前に飛び出した。

次の瞬間、勢《いきお》い余《あま》った通行人とミサが思いきり正面衝突《しょうめんしょうとつ》した。

「こら！　危ないじゃないか！　歩行者は急に止まれないんだぞ！」

「すみません！　でも、そんな車みたいな……」

謝りつつ、ミサが道を尋ねると、通行人はあきれたように言った。

「本当に5分歩いたのか？　君たちはずいぶん足が遅いんだな……」

教えられた通り進んで、地球一家は無事ホストハウスにたどり着くことができた。ただし、「徒歩5分」と聞いていた道のりは、地球一家の足では徒歩15分もかかった。

「別に早く歩いているつもりはないんですけど、他の星から来た方はみんな驚《おどろ》かれますわね」

ホスト《H》マザーはお茶を用意しながらそう言った。

今回、地球一家を迎《むか》え入れてくれたホストファミリーは、穏《おだ》やかな夫婦だった。ホスト《H》ファーザーは、官庁で働く役人だという。

2人とも落ち着いた雰囲気で、おっとりとしているのに、歩くのだけはとにかく速い。家具や物の多い家の中でも、平気な顔をしてすごい速さで動き回る。

お茶を入れる熱湯を手にしていても、おかまいなしだ。こぼしやしないかと、地球一家はハラハラして気が気でない。

「救急車がたくさん走っていた理由がわかった」

タクがジュンにささやいた。

「これじゃあ、事故が起こって当たり前だよ」

「街中で人がぶつかってたもんな」

小さな声のつもりが、H《ホスト》ファーザーに聞こえてしまったらしい。彼はため息を吐《つ》いた。

「以前は、こんなではなかったんですよ。道で人がぶつかることなんてほとんどなかった」

「本当？　こんなに速く歩いているのに？」

驚くリコに、Hマザーがうなずいた。

「その証拠に、この家の中でだって、私たち夫婦はぶつかっていないでしょう」

「そういえば、たしかに。でも、どうして……」

首をかしげる父ノブに、Hマザーがおっとりと答えた。

「簡単です。ルールがあるんですのよ。人とぶつかりそうになったら、みんな必ず右によけることになってるんです。そうするように法律でも決められているんですの」

「法律で？　なんか大げさね」

ちょっと遠慮《えんりょ》のないミサの言葉を、たしなめるように母ユカが言う。

「地球にも交通ルールがあるじゃない。『青は進め、赤は止まれ』とか。それと同じよ。あれだけの速度で歩いてるんだから、安全のために規則が必要なのよ」

「でも、そんなルールがあるなら、なんで今では人がこんなにぶつかっているんです？」

ジュンの疑問に、Hファーザーが難しい顔をして答えた。

「実は、この星は政治問題で長い間、二つの国に分断されていたんです。でも、最近その問題が解決して、ついに一つの国に統合《とうごう》されることになったんです。実は元々同じ国だったので、文化もルールも基本的には変わらない。でも、分断している間に、一つだけ大きく変わってしまったことがあって……」

Hファーザーはやり切れない風に首を振って続けた。

「私たちの国とは違って、もう一方の国では、人とぶつかりそうになった時、左によけることになっていたんです」

「ええっ!?」

地球一家はそろって声を上げた。片方が自分から見て右によけ、もう一方の相手が、自身から見て左によけてしまったら……。結果的に同じ側によけるのだから、ぶつかるのは当然だ。

「国が統合されて大混乱ですよ。いつ誰にぶつかるかわからなくて、街も気軽に歩けない。人の通行が乱《みだ》れて、事故もどんどん増えているんです。一応、法律では右によけることに統一されたのですが……」

そう言って、Hファーザーはテレビをつけた。

テレビでは偉《えら》そうな学者や専門家たちが、議論に熱を上げている。

『旧「左よけ」の地域で行われた街頭アンケートでは、右によけると答えた人は100人中わずか10人、残り90人は左によけると回答しました』

「一度体にしみこんだ習慣は、簡単には変えられない、ということですね」

『いや、どうやら習慣だけが問題ではなさそうです。左によけると答えた90人のうち、習慣でどうしても左によけてしまうと答えた人は、たったの12人。残りの78人は、ちゃんと法律を守って右によけたいと常に思っているのです。ところが、自分だけ右によけても、ほかのみんなが左によけるとぶつかってしまうから、みんなに合わせないと危ないと考えて、やむを得ず左によけています。その結果、左よけ派が多数派となっており、このままでは、法律を守ろうとする人がいつまでたっても増えません』

Hファーザーは頭を抱《かか》えて言った。

「一日中、こんな番組やニュースばかりです。もうこのままだと、また国が2つに分裂《ぶんれつ》してしまうかもしれません……!」

Hファーザーには、役人としての苦労があるのだろう。Hマザーも悲し気な顔をしている。

ぶつかりそうな時に「右によけるか、左によけるか」なんて、馬鹿馬鹿しいことのように思えるが、この星では一大事なのだろう。右か左か、単純な話だが、いや、単純だからこそ、みんなが納得するようにどちらかを選ぶのは難しい。よそ者が易々《やすやす》と口を出せる問題ではない。

重い空気に耐《た》えかねたのか、タクがトイレに立つ。その間に、Hファーザーが尋《たず》ねた。

「ところで、地球では、どうやって人と人がぶつかるのを防いでいるんですか？」

地球一家はギョッとした。そんなことを意識して考えたことはなかったからだ。

母ユカが遠慮《えんりょ》がちに答えた。

「ええと、そうね、人が多い時は交通整理をしたりするけど、普段はあまりぶつかりそうになることはないし、もしどうしてもぶつかりそうなときは——ゆっくり歩いたり、立ち止まったりしますわ」

「ゆっくり歩く？　立ち止まる？」

Hファーザーが、今一つ飲み込めない顔をした時、タクがトイレから戻ってきた。今度はリコがトイレに行こうと立ち上がる。２人は互いにうまく歩を緩《ゆる》めて、身をかわしてすれ違った。

Hファーザーの顔に、雷《かみなり》に撃《う》たれたような表情が浮かんだ。

「す、すごい！　今のがゆっくり歩くということですか!?　いつもの速度が当たり前すぎて、考えたこともない歩き方だ！　これならみんなぶつからずに……ああ、でも私たちは、ゆっくり歩いたことなんて一度もない。どう伝えたらいいのか、わからない。見本が、見本が必要だ！」

わけもわからぬうちに、地球一家は急遽《きゅうきょ》、首相官邸までHファーザーに連れていかれた。

「ゆっくり歩く見本」のため、地球一家は首相や大臣たちの前で、実際に歩くことになったのだ。Hファーザーはその姿を撮影し、今後、国の改革のために使いたいという。

「さぁ、お願いします！」

自分たちの歩き方が一国の未来を左右する……地球一家はみんなガチガチに緊張してしまった。改めて歩けと言われると、ふだん自分たちがどう歩いていたものか、わけがわからなくなる。地球一家は、てんでバラバラ、右手と右足が一緒に出たり、おかしなリズムで足を出したり、ぎくしゃくとした歩き方で、顔を真っ赤にしながら歩き回った。

「う〜む、たしかにこの歩き方ではスピードを出すことができん。私たちでも、ゆっくり歩かざるをえないだろう！　すばらしい！　大事なのは『右だ！』『左だ！』とお互いのやり方に固執することではなかった。お互いにゆっくりと、まさしく歩みよればよかったのだ！」

——こんな無茶苦茶《むちゃくちゃ》な歩き方を教えて、この星の歩き方の歴史はこれから大丈夫だろうか。

周りから絶賛の声が上がる中、地球一家は足早《あしばや》にここから去りたい気持ちでいっぱいだった。

全《ぜん》力《りょく》疾《しっ》走《そう》のランナー

街は、色とりどりに飾りつけられ、いくつもの出店が出てにぎやかだ。

どうやらこの星では、何かイベントが行われているらしい。

ダンスパレードが練《ね》り歩《ある》き、何度も花火が打ち上げられ、ものすごく盛り上がっている。

出店には、地球と同じような食べ物の店もある。でも、地球のお祭りと少し違うのは、サッカーボールやテニスラケットなど、スポーツの道具を並べた店がたくさんあることだった。

「本当にいい時にいらっしゃいました。明日はここでスポーツ大会があるんですよ」

地球一家を乗せた車を運転しながら、ホストファーザーが言った。親切なことに、空港まで車で迎えにきてくれたのだ。

「前日からこんなに盛り上がっているとは。ずいぶん大きな大会なんでしょうな」

父ノブが、感心したように言った。

地球で言えば、サッカーのワールドカップ……いや、それより盛り上がっているかもしれない。地球一家の子どもたちも、窓に張りついてにぎやかな街に見とれている。

「いえ、ただの小さなスポーツ大会ですよ。町内の運動会ですから」

Hファーザー《ホスト》がそう言うので、地球一家は驚《おどろ》いた。

「町内？　それなのに、こんな大騒ぎするの!?」

タクの言い方は少し失礼だった。でも、Hファーザーは気にせず笑って答えた。

「ハッハッハ、この国ではみんな、スポーツを心から愛しているんですよ。スポーツには、正々堂々《せいせいどうどう》、ひたむきで、公平な精神がある。スポーツほどすばらしいものはないと誰もが思っています。だからたとえ小さくとも、スポーツの大会となれば、一大イベントになるわけです」

Hファーザーは、運動場の横に車を停《と》めた。

「実は、私の息子のサキトも明日、大会に出場するんです。1500m走の選手で、ここで練習中なんです。あなた方を迎《むか》えに来たついでに、一緒に車に乗せて帰る約束をしていましてね」

「1500m走なら、うちのミサも県大会……地球の地方大会で入賞したことがありますよ。なぁ、ミサ！」

「やめてよ、お父さん」

自慢《じまん》げな父に、ミサは顔を赤くした。Hファーザーは嬉しそうに言った。

「それはいい。ぜひ息子の練習を見てアドバイスをしてやってください」

運動場の中に入ると、たくさんの人が大会に備《そな》えて練習をしていた。この中に、1500mを走るサキトもいるはず——。

でも、運動場には、とにかく全速力で走っている人しかいない。みんな50mとか100mとか、短距離を走る時の走り方だ。

「短距離走の選手しかいないみたい。もう練習をやめて着替えでもしてるのかな」

リコが言うと、Hファーザーが首を振った。

「いやいや、ここにいるのは、みんな長い距離を走る選手さ。ほら、あれが息子のサキトだよ。最後にもう一度走るようだ。大会の前日にあまり無理をするなと言っておいたのだが……」

Hファーザーの指さしたほうに、ミサと同じくらいの年齢の男の子がいた。それがHファーザーの息子のサキトなのだろう。他の何人かの選手と一緒にスタート位置についている。

走り出したサキトたちを見て、地球一家はみんな驚いて、開いた口がふさがらなくなった。

スタートから、いきなり全力疾走《ぜんりょくしっそう》。50mや100mならともかく、こんな後先を考えない走り方で、1500mも走り切れるわけがない。

「どうしてあんな走り方をするんですか？」

ミサが尋ねると、Hファーザーは首を傾げた。

「『あんな走り方』というと？」

「だって、最初からあんな全力なんて……。1500mなら、もっとペース配分しないと……」

「最初から全力を出すのは当たり前でしょう。それでこそ、正々堂々、ひたむきで、公平なスポーツ精神というものです！」

「それは、そうかもしれないですけど……」

これが、この星の考え方なのだ。でも、そんな走り方が、最後まで続かないのは当たり前だ。

サキトは途中でバテて、フラフラになってしまった。他の選手たちも同じで、ゴールする頃には、みんな歩いているのとあまり変わらないようになってしまった。

——選手が全員こんな走り方なら、私でも優勝できるわ。

と、ミサは内心で思った。

そして、次の日、ミサは考えが正しいかに直面することになる——。


「サキトくんが、走れないですって？」

一夜明けて、スポーツ大会当日。Hファーザーから話を聞いて、ミサは思わず声を上げた。

「ええ、昨日の練習で足を痛《いた》めたみたいで……。それで、1500mの選手が足りなくて、もしよかったら、代わりにミサさんに……」

「ええっ！」

ミサは驚いたが、地球一家の家族たちは、もう乗り気になっている。

「サキトくんが出場予定だったのは中学生のレースで、高校生の俺じゃ出られないらしいんだ。うらやましいよ。他の星のスポーツ大会に出られるなんて、いい思い出になるじゃんか」

他人事《ひとごと》だと思って、ジュンが気楽に言う。

「困《こま》ってるみたいだし、いいじゃないの」

母ユカも賛成する。

「よし！　地球人の力を見せてやれ！」

父ノブに背中をたたかれ、ミサはもう断ることができなかった。

１５００ｍは、大会の最後の競技だ。大会はいくつかの組の対抗戦《たいこうせん》で、プログラム通り進んでいた。とうとう１５００ｍ走の順番が来た時、ミサの参加する赤組はトップだった。でも、２位の青組との差はわずか。ミサが１着になれなければ、逆転されてしまうだろう。

スタートラインに、ミサと他の出場選手たちが並ぶ。

他の選手は、みんな男の子だ。本当に勝てるかな。緊張でミサの心臓がドキドキと暴れる。

ピストルが鳴った。選手がいっせいに走り出す。ミサの他は、皆、全力疾走だ。ぐんぐん距離が開いて、本当に追いつけるのか不安でたまらなくなる。

「おっとー!?　地球から来たミサ選手、全力を出していないのか!?　それはどういうことだぁーっ!?」

そんな実況が聞こえる。一人だけ遅れているミサを、観客が見つめる。なんでちゃんと走らないのか、不思議に思っているような目だ。ミサは心細くてたまらなくなった。

「ミサ！　がんばれー！」

応援する地球一家の声が聞こえて、ミサは気を引《ひ》き締《し》めた。自分のペースで走り続ける。すると、バテた他の選手たちとの距離が、だんだん近づいてきた。

１人抜き、２人抜き……ミサは順位を上げ、ゴールの手前で、ついに前にいる選手はあと１人になった。相手はもうヘロヘロ、とはいえ、最初にかなり距離を開《あ》けられた。追いつけるかどうかはギリギリだ。ミサは力を振《ふ》り絞《しぼ》ってラストスパートをかけた。全力疾走だ！

「ゴール！」

最初にゴールテープを切ったのは……ミサだった！

地球一家がいっそう大きな声を上げる。ミサも肩で息をしながら、手を振ってそれに答える。

順位の旗《はた》を持った係の人がやってくる。その旗を見て、ミサは驚いた。自分に渡された旗に書かれた数字は「６」、つまり６着——最下位の旗だったからだ。

「どういうこと？　私、１着でゴールしたのに……！」

詰め寄るミサに、係の人は「当たり前だ」という顔をして言った。

「だって、あなたが先頭だったの、最後の数秒だけでしょう？　そんな最後の結果だけで順位を決めるのは、他の正々堂々、ひたむきに戦った選手に対して公平ではありません。正々堂々、ひたむきで公平なスポーツの精神に則《のっと》って、この国では、一番長い時間先頭を走っていた選手が一着なのです」

地球では聞いたこともないルールに、ミサはがっくりしてしまった。

「ごめんなさい。私が勝てば赤組が優勝だったのに。逆転されちゃって……」

レース場から離れて、ミサはＨファーザーとサキトに謝った。しかし、Ｈファーザーもサキトも全然、気にしない様子で、ミサをなぐさめた。

「いや、私たちがちゃんと説明しなかったのが悪いのさ。まさか、地球とルールが違うとは思っていなくてね。なに、逆転されたことなんか気にしなくていいんだよ」

その時、場内にアナウンスが響《ひび》き渡《わた》った。

「これで、すべての競技が終了しました。今年の優勝チームは赤組です！」

それを聞いたミサはまた驚いた。

「いったい、どういうこと？」

さっきからおかしなことが起こりすぎて、頭の中がめちゃくちゃだ。

「レースと同じだよ。最終種目《さいしゅうしゅもく》の１５００ｍ走まで赤組はずっとトップだったからね。最後の競技で逆転されても、一番長く１位だった赤組が優勝なのは変わらないんだよ」

そう言って、Ｈファーザーは微笑《ほほえ》んだ。


Ｈファーザーたちと別れ、次の星へ向かうシャトル船の中、ジュンがミサに言った。

「自分のせいで、チームが負けにならなくてよかったな」

「まあ、それはそうだけど……」

「やっぱり１着にならなかったのが納得いかない？」

「だって、たしかに最初から全力疾走はしなかったけど、私、手を抜いてたわけじゃないのよ。くじけそうなのをこらえて、一生懸命《いっしょうけんめい》走ってたの。ペースが遅くても、レースの間中、ずっと私は正々堂々、ひたむきにがんばってたのよ。そうして先頭でゴールテープを切ったのに、最後に先頭になっただけじゃ、他の正々堂々ひたむきに頑張った選手に対して公平じゃないなんて……。『公平』っていったい何か、わからなくなっちゃったわ」

そこまで言うと、もう考えるのに疲れた様子で、ミサはシートにもたれて、さっさと目を閉じた。

就《しゅう》職《しょく》試《し》験《けん》必《ひっ》勝《しょう》法《ほう》

ドンと置かれた分厚い本を見て、地球一家は感心してため息をついた。

本のタイトルは『就職試験必勝法』。

「これが、この国で一番売れていて、一番読まれている本です」

今回のホストファミリーの一人息子であるフルトが、地球一家にそう説明した。

地球一家は、この星に到着して、あることにひどく驚《おどろ》いていた。

道行《みちゆ》く人々の多くが、辞書のように分厚い本を小脇《こわき》に抱《かか》えたり、読んだりしながら、歩いているのだ。

そこで、ホストハウスに着くなり、さっそくその本が何なのか質問してみたのだった。

「この本には就職試験の面接の必勝法が書かれています。座る姿勢から、質問への模範解答《もはんかいとう》まで、何もかも全部載《の》っているんです」

「僕たちの星にもこういう本はあるけど、ここまで分厚いのは初めて見るなぁ」

父ノブが、まじまじと本を見つめる。

「この星では、就職活動は一大イベントなんです。実はフルトも、明日試験を受けるんですよ。就職試験を受ける人は、みんなこの本を持っているし、内容も全部暗記していますよ」

こんな辞書みたいな本を丸暗記とは……。ホス《H》トファーザーの言葉に驚きつつ父は言った。

「就職活動は、私たちの星でも一大イベントですよ。人生にとって、重要なことですからね」

「ああ、そうなんですね！　じゃあ、明日のフルトの応援も一緒に行きますか？　他の星の就職試験を見るのもおもしろいでしょう」

「え、応援……？」

「ええ。そうですよ。各会社の面接は、誰でも自由に見学できるようになってるんです。元々は圧迫面接《あっぱくめんせつ》や不正を防ぐためだったようですが、今では一つのショーみたいになっていまして……あれ、そちらでは違うんですか？」

どうやらこの星では、就職活動は「人生の一大イベント」という比喩《ひゆ》ではなく、本当に「みんなが盛り上がる一大イベント」になっているらしい。

それから話を詳しく聞いて、この星の就職試験には、いろいろと独自のルールがあることがわかった。

まず、この星の就職試験は、どの会社も同じやり方で、まず筆記試験を受けることになっている。終わると、すぐに採点され、その後で面接試験が始まる。

面接試験では10人の面接官が「合格」か「不合格」かの札《ふだ》を上げるのだが、筆記試験の点数がよい人が有利になるようになっている。例えば、筆記試験が90点以上なら、10人の面接官のうち、1人でも「合格」の札を上げれば、合格となる。でも、筆記試験が80点台だと、2人の面接官が「合格」を出さないと合格にならない。そんな風に、筆記試験の点数が悪くなればなるほど、より多くの面接官に「合格」を出してもらわないといけなくなるのだ。

何だかテレビ番組のゲームのようなシステムだなと、地球一家は思った。

その日の夜、誰もが寝静《ねしず》まった頃、母ユカは、台所でHファーザー《ホスト》と鉢合《はちあ》わせた。

「あら、まだ起きてらっしゃったんですか？」

「いや、お恥ずかしい。明日の面接のことを考えると、どうしても寝つけなくて……。夕食の残りでもつまめば眠くなるかなと。あなたは？」

「私は、のどが渇《かわ》いて目が覚《さ》めてしまって。お水をいただきに。それにしても、あんなに楽しそうに話していたのに、やっぱり緊張しますか。息子さんの一生を左右することですもんね」

「ええ。それに実は、明日は息子の面接を見た後、自分の会社の就職試験で、僕が面接官をやることになっているんですよ。そっちの心配も大きくて……」

「あら、面接するほうも大変なんですか」

「もちろん。特に最近は大変です。昔は、みんな個性的でよかった。でも今は、あの必勝法の本が売れているせいで、まったく個性がありません。何を聞いても、全員同じことを言う。これでは、どうやって合格不合格を決めればいいのやら、まったくわかりません。面接官は、他の面接官に自分の判断を教えることは禁《きん》じられています。だから、自分の価値観で判断しないといけません。自分の判断しだいで、相手の人生を左右してしまうんですから、気が重いですよ。今どきの面接官は、きっとみんな同じ気持ちです。ああ、愚痴《ぐち》を言ってすみません。じゃあ、おやすみなさい」

冷蔵庫から残り物を取り出して、Hファーザーは台所から出て行った。

——試験を受けるほうも、採点するほうも、それぞれ苦労があるのね。

そう思いながら、母ユカが水を注《そそ》いで飲んでいると、今度はフルトが台所にやってきた。

「あら、フルトさん。まだ起きてたの？　明日は早いんでしょう？」

「あ、どうも。いや、実は明日のことを考えていたら寝つけなくて、夕飯の残りでも少しつまめば、眠くなるかなと……」

Ｈファーザーと同じことを言うので、母ユカは吹《ふ》き出《だ》しそうになった。

「明日受けるのは、ずっと憧《あこが》れていた会社で、どうしても入社したいんです。でも、みんなあの『就職試験必勝法』を読み込んでくるので、面接では差がつきません。その分、筆記試験のほうで少しでも有利になろうと必死で勉強したんですが、やっぱり不安で……」

母ユカは、さっきのＨファーザーの話を思い出して言った。

「面接で差がつかないのは、あの本の通りにやってるからじゃない？　どうしてもその会社に入りたいなら、その気持ちを自分のやり方でアピールしてみたら？　本に書いてあるような、形の整った受け答えやマナーはもちろん大事よ。でもそれより、面接官に自分の言葉で気持ちを伝えて、『この人と一緒に仕事がしたい』と思わせることのほうがきっと大事だわ」

「それはそうかもしれませんが……でも、他のみんなは必勝法の本の通りに面接で答えるんですよ。自分一人だけ違うことを答えて、もし失敗したら……。僕にそんな度胸《どきょう》はありません。やっぱり明日の面接は、あの本の通り無難《ぶなん》に受け答えします。僕は筆記試験でなるべく差をつけるよう頑張ります」

フルトの顔は、不安でいっぱいという感じだった。こんな緊張した状態では、うまくいくものも、うまくいかないだろう。母ユカは、少し考えてから言った。

「フルトさん、実は私、あの本とは別の必勝法を思いついたの。教えてあげるわ」

それから、耳元でひそひそと話をされたフルトは、目を丸くして母ユカを見つめた。

翌日、地球一家とフルトの両親は面接試験が始まるのに合わせて、会社の面接会場に向かった。フルトは先に出て、もう筆記試験を受け終えているはずだ。

面接会場には、10人の面接官が並んで座っていて、その前に受験者用の椅子が一つある。少し離れた見学者席に、フルトの両親と地球一家は腰《こし》を下ろした。イベントの観客席のような感じで、他にも十数名の人が座っている。やがて、司会者がマイクを持って言った。

「お集まりの皆さん、お待たせしました！　ただいまより就職試験の面接を始めます！」

派手な音楽が響き、見学者席から拍手が起きる。本当に、ショーが始まるような感じだ。

「それでは最初の方、お入りください！」

司会にうながされ、受験者が入ってくると、そのまま面接が始まった。

「我が社に入りたいと思った理由は？」「我が社の強みは何だと思いますか？」「あなたの長所はどこですか？」――面接官から次々と質問が続き、受験者はよどみなく答えていく。

「それでは、これで面接は終わりになります。引き続き、結果発表に入ります！」

司会者が言うと、見学者から、また拍手が沸き起《わ お》こった。

「まずは、初めに、先ほど行われた筆記試験の点数から見てみましょう」

電光掲示板《でんこうけいじばん》に「93」の数字が表示される。「お～」と見学者から驚きの声が上がる。

「93点！ かなりの高得点です。90点以上ですから、面接官が1人でも合格の札を上げれば、合格です！ さぁ、それでは面接官の皆さん、判定をどうぞ！」

10人の面接官は、なんと全員が「不合格」の札を上げた。

「残念！『合格』の札は1枚もなし！ まさかの不合格です！」

見学席から、ため息がもれる。肩を落として受験者が退室する。

「さぁ、気を取り直して、続いて2番の方、いってみましょう！」

そうして次々に受験者が入ってきては、面接をして、結果発表がされていく。

驚いたのは、本当に、誰も彼も、質問に対する答えが、ほとんど同じということだった。これでは、Hファーザーの言うように、面接官が困るのももっともだ。

しかも、受験者はみんな筆記も90点以上ばかりで、こちらでも差がつかない。しかし、さらに驚くべきことは、それでも合格者が1人も出ないということだった。10人の面接官はかたくなに、誰一人、一度も「合格」の札を上げない。フルトが憧れている会社だけあって、人材に求める条件も厳《きび》しいようだ。不合格者が出るたびに、会場はどよめいた。

「さて、では次が最後の受験者になります！」

司会者に呼ばれて、とうとうフルトが会場に入ってきた。

Hファーザーと H《ホスト》マザーが手を握り合って、心配そうに見つめる。

面接官の質問が始まる。フルトはしっかりとした口調で、それに答えた。

けれど、内容はこれまでの受験者と変わらない。これで、合格できるだろうか？

「では、面接はこれで終わりです。結果発表に移ります。まず筆記試験の得点は……」

見学者席から悲鳴が上がった。驚くべき数字が電光掲示板に表示されたからだ。その数字は

――「0」。フルトの両親は、顔が真っ青になった。あんなにがんばって勉強していたのに！

もしかすると、解答欄《かいとうらん》がすべてずれてしまったのかもしれない。

「なんと、0点です！　大変なことになりました。合格には、10人全員が『合格』の札を上げる必要があります。もし1人でも『不合格』の札が上がればおしまいです。果たして奇跡《きせき》は起こるのか!?　では、面接官の皆さん、判定をお願いします！」

奇跡なんて起きるわけがない！　フルトの両親は思わず目をつぶった。

――しかし、次の瞬間、2人の耳に、大歓声が飛び込んできた。

何事かと思って目を開けると、そこには10枚の「合格」の札が並んでいる。

地球一家も、母を除《のぞ》いてみんなポカンとしている。司会が高らかに声を張り上げた。

「まさに奇跡！　筆記試験0点の受験者が、なんと今回ただ一人の合格者となりました。おめでとう！　不合格の皆さんもまた挑戦してください。では、次回の就職試験をお楽しみに！」

試験のあと、地球一家とホストファミリーは、会社のロビーに集まった。

「0点をとる方法を教えてくれて、ありがとうございました」

フルトが目に涙《なみだ》を浮かべながら、母ユカに言う。

「0点をとる方法って……どういうこと？」

わけがわからずミサが言う。父ノブもジュンもリコもタクも、フルトの両親も同じ気持ちだった。

「いえ、ちょっと面接官の気持ちになってみただけなんです。例えば、筆記試験が90点以上で、1人でも『合格』と言えば合格になる時、自分が面接官だったら、どんな気持ちになります？」

母ユカに聞かれ、Hファーザーは少し考えて答えた。

「そうですね。受験者の面接での受け答えには、まったく個性がないので、『合格』とも『不合格』とも判定のしようがない。でも、自分が『合格』の札を上げてしまえば、他の面接官が何を出そうと合格が決まってしまう。そんな責任重大なことは、自分ではしたくありません。だから、とりあえず『不合格』の札を上げて、他の9人に判断を任《まか》せたいと思うでしょうね」

「きっと今回の試験の面接官たち10人も、全員が同じように考えて、結果的に90点以上の受験者にはみんなが『不合格』の札を出してしまったんです。では、逆に、フルトさんのように筆記が0点で、1人でも『不合格』と言えば、不合格になる場合は？」

「その場合は、自分が『不合格』の札を上げれば、その時点で不合格が決まってしまうと思うと、そこまで決める自信はありませんから、とりあえず自分は『合格』にしておいて、他の面接官に判断をゆだねたいと考えますね……」

「そうか！　それでフルトさんの時には10人の面接官全員がそう感じて、みんな『合格』の札を上げたんだわ！」

すべてを理解して、ミサが言う。他の地球一家もフルトの両親も「あっ」と気づいた。

「実は、たとえ筆記で失敗しても大丈夫だって、緊張を和《やわ》らげるつもりで言ったんですけど。まさか本当にわざと『0点』をとって成功させるなんて、フルトさんは度胸があります」

「いや、本当は、緊張して焦《あせ》ってしまって、解答欄を一つずつずらして書いてしまったんです。最後の見直しのときに気づいたんですけど、もう直す時間がありませんでした。だからあれは、作戦とか度胸なんかじゃなくて、『やけくそ』なんです。でも、おかげで吹《ふ》っ切《き》れました。0点を取って受かるなんて。なんでこんな馬鹿馬鹿しいシステムにおびえてビクビクしてたんだろうって今では思います。縮《ちぢ》こまらず、もっと大胆《だいたん》なことをしていいんだって気づきました」

みんながフルトを褒《ほ》める中、Hファーザーだけが、腕を組んで難しい顔をしていた。

「いや、実際、情《なさ》けないことです。受験者どころか、面接官のほうまで、おびえて決断を他人任せにして……。こんな状態はどう考えてもおかしい。身につまされましたよ、これからは僕も、ちゃんと自分の目で人を見て、きちんと選ぶようにします」

そう言うと、Hファーザーは、ようやくフルトに微笑《ほほえ》んだ。

逆《さか》さまの絵

「地球にも、『芸術の都』と呼ばれる都市があるそうですが、芸術のすばらしさという点では、この星も負けておりません」

ホストファーザー《H》が自慢《じまん》げに言うのを聞きながら、地球一家は「ほう」とため息をついた。

今回、お世話になるホストハウス——その部屋の、どの壁にも一面に絵画が飾《かざ》られている。芸術に詳しくなくとも、これだけ並んでいる絵を見ると、ただ圧倒されてしまう。

しばらく絵を眺《なが》めた後で、ジュンが言った。

「こちらの壁《かべ》に飾られている絵は、みんな大きくて、同じ形をしていますね」

ジュンの前の壁には、人物や植物の絵が並んでいた。どの絵も、きっちり同じ大きさの正方形のキャンバスに描かれている。

「その壁にあるのは全部、僕の描いた絵だよ。大きさが同じなのは、展示即売会《てんじそくばいかい》に出すためさ」

そう言ったのは、Hファーザー《ホスト》の息子のノルボだ。

「展示即売会？」

ジュンが聞くと、Hファーザーが言った。

「この星では、アーティストを支援するために、各地の美術館で作品の展示即売会が盛《さか》んにおこなわれているんです」

ノルボが話を続けた。

「ただし、即売会にはルールがあって、出展する絵の大きさは縦も横も１００cmまでと決まっているんだ。大きさに制限がないと、人によって飾るスペースに大きな差ができて、不公平だからね。それで、僕はルールの中で一番大きい、１００cm×１００cmのキャンバスに絵を描くことにしているんだ。大きい絵のほうが、高い値段で買ってもらえることが多いからね」

「でも、こっちの壁の絵は、大きさがバラバラで、小さいのも多いですね」

ジュンとは別の側の壁を見ながら、ミサが言う。

「この壁に飾られているのは、私が描いた絵よ」

そう答えたのは、ノルボの妹のソルアだった。

ノルボの絵とは違い、様々な大きさのキャンバスに、不思議な図形や線が組み合わされた抽象画が描かれている。

「大きい絵のほうが高い値段がついて有利だとは思わないわ。私は、自分の絵が最も引き立つと思う大きさで描いているの。それで評価してもらえれば、一番うれしいでしょ」

ノルボとソルア――ホストファミリーの兄妹は、どちらも将来、画家として活躍《かつやく》したいと思っているという。

「ちょうど今日と明日、展示即売会に僕たちの絵を出展することになっているんだ。そろそろ始まる時間だから、僕たちは行かないといけないんだけど、もしよかったら、みんなも見に来るかい？　実は僕とソルアでちょっとした競争をしていてね。お互い2枚ずつ絵を出して、より高い値段で売れたほうに、父が美術学校へ行く学費を出してくれることになっているのさ」

なるほど、それは真剣勝負になりそうだ。ノルボの話を聞いて、ミサたちは、ぜひ展示即売会に飾られている二人の絵を見比《みくら》べてみたくなった。

ノルボとソルアの案内で、地球一家の子どもたちは、ホストハウスのすぐそばの美術館に向かった。そこが今回の展示即売会の会場らしい。

地球一家の案内していたために、ノルボとソルアは即売会の開始時刻に少し遅れてしまったが、絵の展示は会場のスタッフが行っているので問題ないという。

会場に入ると、美術館の館長がすぐにソルアのところにやってきた。

「遅いじゃないか。実はソルアさんの絵を買いたいという画商が、もう現れていてね」

なんと、こんな早く買い手がつくとは。出展されたソルアの絵の前で、画商は待っていた。

「あなたの絵を、ぜひこの金額で買いたいと思います」

画商は「５７０００」と書いたメモをソルアに見せた。

「こんな高く？　私の絵をそこまで評価していただけるなんて……」

そこでソルアは言葉を止めた。微笑《ほほえ》みかけた顔が固まり、飾られた自分の絵を見つめる。

「待ってください。この絵、上下が逆《さか》さまに展示されてしまってます」

「えっ！」と、その場のみんなが声を上げた。抽象画なので一見するとわからない。

しかし、ソルアが指定した飾り方とは確かに違っていたらしい。

「申し訳ない。うちのスタッフのミスだ。直したほうがいいかな？」

館長が頭を下げると、ソルアはキッパリと言った。

「当然です。今すぐに直してください」

絵はすぐに展示し直されたが、それを見た画商はがっかりした声を出した。

「これが正しい向きですか。そうすると、購入金額は変わってきます」

彼は、ノートにあらためて「28000」と書いて見せた。最初の金額の半額以下だ。

「さっきのように逆さまの状態で飾らせてもらえるなら、元の金額をお支払いしますが……」

画商が言うと、ソルアは、少し考えた末《すえ》に答えた。

「すみません、この金額でかまわないので、飾るなら正しい向きでお願いします」

一部始終を見ていたノルボは、ソルアと画商の取引が済んだ後、あきれたように言った。

「君は馬鹿正直だな。抽象画なんだから、どっちが上でも下でも別にいいじゃないか」

「私は自分の作品に責任を持ちたいの。私にとって、あの作品は、あれが正しい向きなのよ」

そこに、館長がまた、あわてたように近づいてきた。

「今度は、ノルボさんの絵を買いたいという画商が現れましたよ」

ノルボとソルア、地球一家の子どもたちは、次はノルボの絵が飾られているところへ行ってみた。そして……。そこに飾られていた絵は、またもや上下逆さまだった。ソルアの抽象画と違って、猫と遊ぶ子どもを描いた人物画なので、向きがおかしいのが一目でわかる。ひどいミスだ。

しかし、絵の前で待っていた画商は、気にもしない様子で、ノルボに「35000」と書かれたメモを見せた。

「この絵を、この金額で買いたいのですが」

ノルボが予想していたより高い金額だ。この値段で買ってもらえるならラッキーだ、とノルボが思ったその時、一緒についてきた館長が言った。

「申し訳ありません。この絵も逆さまですね。重ね重ね申し訳ありません。さっそく直しましょう」

ノルボは、あわてて館長を止めると、画商に向かって尋《たず》ねた。

「参考までにお聞きしますが、もしもこれが上下逆だったら、いくらの値段になりますか？」

「こうですか？」

画商は、自分の股《また》の下からノルボの絵をのぞき込んだ。

「うーん、これだったらこの金額ですね」

画商は、メモに「1７０００」と書き直した。

やはり半額以下だ。ノルボは館長と画商に微笑んで言った。

「この絵は、この向きが正しいということにしましょう。これでお願いします」

タクは思わず画商に問いかけた。

「この向き、明《あき》らかにおかしくありませんか？　人も猫もひっくり返ってますよ」

「そんなことはありません。絵が必ずしも現実の通りである必要はないでしょう。もし逆さまでなければ、この絵は平凡極《きわ》まりない。しかし、こうして描かれているものが逆さまになっていることで、現実を超えた大胆な構図の絵になるんです！　何より作者自身が『この向きが正しい』とおっしゃっているんだから、これで正しいんです！」

いい取引ができたと、画商は心から満足しているようだった。

やがて美術館の閉館時間となり、その日の即売会は終わった。続きは明日だ。1日目に売れたノルボとソルアの絵は、それぞれ1枚ずつだけだった。

「今日は僕の勝ちだな。僕の絵のほうが高く売れた。ソルアも意地を張らず、上下逆さまでいいと言っていれば、僕に勝てたのに」

「……」

ソルアは悔しいのか、何も言わず、スタスタと帰ってしまった。ノルボは、頑固《がんこ》なソルアを鼻で笑いながら首を傾《かたむ》け、展示されている自分の絵をいろいろな角度から眺《なが》めた。

「まさか逆さまにしただけで、絵の値段があんなに変わるなんて……いや、待てよ、絵を見る向きはもっとたくさんある。上下左右、それどころか、角度は360度、無限にあるんだ。一番高い値段のつく向きにして、絵を売るのはどうだろう……よし、いいことを思いついた！」

ノルボはニヤリとほくそ笑んだ。

そして、次の日、即売会に来た誰もが驚《おどろ》いた。

なんと、展示されたノルボの絵が、ゆっくりとではあるが、回っていたのだ。

絵と壁の間に、特別な台座がはさんであるらしい。モーターの力で絵を回し、お客さんが絵をあらゆる向きで見られるようになっている。絵のそばには赤いボタンがあり、それを押すと好きな向きで絵を止めることもできるようだ。

地球一家の子どもたちは、今日も即売会に来ていた。ジュンが大きなあくびをする。

「『機械工作が得意なら手伝ってくれ』って、夜中まであの台座を一緒に作らされたんだ」

「でも、こんなのって、アリ？」

リコが言うと、ノルボが笑う。

「絵の大きさのルールはあっても、絵を回しちゃいけないってルールはないからね」

とはいえ、展示の仕方が新しすぎるせいか、昨日と違って買い手はなかなかつかなかった。

しかし、やがて1人の画商が、回転する絵をしばらく眺めた後、ついにボタンを押した。

ノルボの正方形の絵は、45度傾いた、ひし形のような向きで止まった。画商はノルボに言う。

「うん。この角度で見ると、とてもすばらしい。この絵をぜひ買いたいのですが」

画商は「80000」と書かれたメモをノルボに見せた。信じられないほどの高額だ。これなら、ソルアに負けることは絶対にないだろう。

ノルボが、画商に絵を売ろうとしたその時、あわてたように館長が駆《か》け寄《よ》ってきた。

「ノルボくん、ダメだ、その絵は売れないよ。ルール違反、サイズオーバーだ」

そう言われて、ノルボはびっくりした。

「そんなわけありません。いつも通り、縦も横も100cmの正方形に描いた絵ですよ」

すると、館長は絵を指さして言った。

「まっすぐの向きならば、この絵は縦も横も100cmだ。しかし、このように斜めの向きで、ひし形の絵ということになると、縦と横の長さとは正方形の対角線、つまり斜《なな》めの長さということになる。そうすると、どちらも100cmを超えてしまうんだ」

斜めに傾いた絵を、正しい向きとして売ろうとしたことで、ノルボの絵は規定違反となってしまった。つまり、ノルボの2枚目の絵に値段はつかない。「0」——ということになる。

ノルボはもう後は、昨日の自分の絵より高い値段がソルアの絵につかないよう、祈《いの》るしかなかった。

昨日は閉館時間まで即売会が行われたが、最終日の2日目は、片づけの作業もあるため、即売会は午前中だけ、昼の12時までだ。

終了の時刻が迫っても、ソルアの絵には買い手がつかなかった。このまま売れずに終わってくれとノルボは思ったが、しかし、即売会の終了間際《まぎわ》に、1人の画商がソルアの絵の前で足を止めた。

画商は首を傾けたり、股の下からのぞいたり、いろいろな角度で絵を見てから言った。

「元の向きのままだと、買う気にはなれない絵だが、斜めの向きで見ると、実にすばらしい。

この絵を斜めの向きで飾らせてくれるなら、ぜひ、この金額で買わせてください」

画商がメモに書いた数字は「１００００」。あまりの高額に、横から見ていたノルボはアゴが外れそうなほどあんぐりと口を開けた。ソルアの絵は小さく、斜めにしてもサイズの問題はない。ここで売らなければ、美術大学への進学をかけた勝負にソルアは勝てない。

断る理由は何もない。やがてソルアは口を開いた。

「ごめんなさい。私が描いた絵は、斜めの向きが正しいものではありません。その向きでいいとは言えません」

地球一家もノルボも、ビックリして言葉が出なかった。

「どうして絵を売らなかったの？」

空港で別れる前、見送りに来てくれたソルアに、ミサはこっそり聞いた。

ソルアは微笑んで言った。

「今回のことで、いろいろ考えたの。向きが変わるだけで、値段が何倍にもなるなんて、おかしいと思うでしょ。でも、それは、芸術の馬鹿馬鹿しいところであり、同時に、自由なところなんだわ。芸術は受け手によって無限の可能性がある。私のやっていることは作者のエゴかもしれない。でも、芸術が自由で、無限の可能性を持っているからこそ、作者として、私自身の考えをしっかりもたないといけない。それは、画家になるためには、美術学校にいくよりも大事なことだと思ったのよ」

欲しい物投票ゲーム

夜の8時少し前、地球一家は新しい星に着いて、空港のすぐそばのホテルに入った。泊《と》まるわけではない。お目当てはホテルの中のレストランだ。シャトル船の便《びん》の関係で、今回の星への到着の時間が遅くなるので、自分たちで夕食をとってから、ホストハウスに向かうことになっていた。

そこで地球一家は、名店と評判のそのレストランに寄っていくことに決めていた。しかし、レストランに着くと、係員《かかりいん》が申し訳なさそうに言った。

「6名様ですね。申し訳ありませんが、お席にご案内できるまで、あと30分ほどかかります」

満席なら仕方がないが困った。どうやって時間をつぶそうか……その時、リコが声を上げた。

「ねぇ！　あそこ行きたい！」

見ると、レストランと同じフロアに、おしゃれなバーがある。

「でも、あそこはお酒を飲むところよ?」

子どもを連れて行っていいものか迷う妻に、父ノブが言った。

「子どもが飲めるようなジュースだって置いてるだろう。ホテルの中のバーだし、危ないこともない。たまにはいいじゃないか。みんなで入ろう」

もっともらしく話しているが、父の声はちょっとウキウキしている。おいしいお酒が飲めるチャンスだと思っているに違いない。母はやれやれと思いつつ、他に待つ場所もないので、足どりも軽い父の後に続いて、子どもたちと一緒にバーに入った。子どもたちは初めてのバーに興味津々《きょうみしんしん》だ。少し薄暗《うすぐら》くて、なんだか、大人の世界という感じがする。

バーには、4人がけのテーブルが一つしか空いていなかった。

すると、バーのマスターの男性が声をかけてきた。

「カウンターが2つ、横並びで空いていますよ。お2人、こちらへどうぞ」

「私、カウンターがいい!」

すかさずリコが言う。実は、リコは前にドラマで見て、密《ひそ》かにずっとバーに憧《あこが》れていたのだ。

バーに来たからには、やはりカウンターに座ってみたい。

「う～ん、そうだな、お父さんとお母さんがカウンターに行って、テーブルに子どもたちだけになるのも、ちょっと不安だ。じゃあ、リコ、お父さんと一緒にカウンターに行くか」

妻が隣《となり》だと、自由にお酒が飲めないかもしれない――そんな思惑《おもわく》があったかはわからないが、父がそう言ったので、リコは喜んでカウンター席へ駆《か》け出《だ》した。

円形になったバーのカウンターには10席あり、残りの8席はすべて大人の男性が座っていた。マスターの定位置は、円形の中央部分だ。父はカクテルを、リコはジュースを注文した。

やがて、時計の針が8時を指した時だった。突然、マスターが言った。

「さぁ、カウンターにお座りの皆さん。ゲームの時間です。ふるってご参加ください」

「ゲーム？」

父が聞くと、マスターはそばに来て説明した。

「お客さん、この星は初めてですか。この星のバーで『ゲーム』と言えば、一つしかありません。簡単に言えば、「欲しい物投票ゲーム」ですよ。私が10種類の品物を見せます。その中から、欲しいと思った物の名前を紙に書いて投票するだけです。一番得票数の多い品物に投票した人が勝ちになります。ゲームの勝者、つまり、一番得票数の多い品物に投票した人たちは、賞品として、その品物をもらえるというすばらしいゲームです。もう一杯ドリンクを注文いただければ無料で参加できますが、どうしますか？」

「なるほど、つまり、『美人投票』と同じだな」

「『美人投票』？」

リコが首をかしげると、父は笑った。

「いや、何でもないよ。なかなか楽しそうなゲームだ。２人で参加しようか」

リコが力強くうなずいた時、マスターが申し訳なさそうに口をはさんだ。

「すみません。お連れの方と一緒にゲームに参加することはできないんです。参加は一グループにつき一人までです。同じグループの人が参加すると、示《しめ》し合《あ》わせて投票数をコントロールできてしまうので……。このゲームは、参加者が相談してしまうと成り立たないんです」

「なるほど、たしかにそれはそうだ。じゃあ、僕がもう一杯ドリンクを注文しますから、その分で、この子を参加させてください」

お酒を頼むいい口実を見つけた父が、そう言うと、リコはにっこり微笑《ほほえ》んだ。

「わかりました。こちらのかわいいお嬢《じょう》さんが参加ということで」

マスターはリコにウインクすると、体を回転させてカウンター席全員の表情をうかがった。

「ほかの皆さんは、全員参加でよろしいですね。それでは始めますが、品物を取ってきますから、ちょっと待っていてください」

マスターは、トレイを持ってすぐ隣にあるギフトショップに行き、商品棚から10種類の商品を持って戻《もど》ってきた。

万年筆、ポロシャツ、黒のネクタイ、男物《おとこもの》の財布《さいふ》、名刺入《めいしい》れ、電気ひげそり機、ウイスキー、ゴルフボールセット……ほとんど、大人の男性が欲しがりそうなものだったが、一つだけ、場違いなかわいらしいクマのぬいぐるみが入っていた。リコのために気を利《き》かせてくれたのだ。

「ぬいぐるみも上等なもので、どの品物も値段的には同じです。さあ、この10種類の中から選んで投票してください」

マスターはカウンターにいる人たちにペンと、投票に使う小さい紙を一枚ずつ配った。

カウンターの男性客とリコが、ペンを手に何を書くか考えだした時、ふと小声で、父は誰かに呼ばれた。振り返ると、テーブル席でミサたちが手招《てまね》きしている。

2杯目のカクテルを手に、父は席を立ってテーブルのほうへ行った。カウンターのすぐそばなので、リコー人を残しても問題はないだろう。

「なんだ、どうかしたか?」

お酒で少し顔が赤くなっている父に、ミサは言った。

「お父さんは、このゲームの勝ち方を知っているの?」

「何だって?」

「だって、『美人投票と同じだ』なんて、何か知ってそうなこと言ってたじゃない」

「なんだ、全部聞こえてたのか」と父は笑う。お酒が入って上機嫌になっているようだ。

「『美人投票』ってのは、その名のとおり、誰が一番美人かを投票によって決めることだ。ずっと昔に行われていた美人投票では、選ばれた優勝者が賞品をもらえるだけではなくて、優勝者に投票した審査員も賞品がもらえたんだ。どうだ、今やっているゲームとよく似ているだろう」

「たしかに似てるけど……それだけ? もっと、このゲームの攻略法とかないの?」

「ハッハハッ、もしそれを知ってたら、大金持ちになれるよ」

カクテルグラスを傾けて、ますますいい気分になった様子で父が言う。

「お父さん、まじめに答えてよ。このままじゃリコは勝てないんだから」

横から口を出したタクを、父が見つめる。

「勝てないって、どうして？」

「だって、あの中でリコが欲しいものなんて、ぬいぐるみだけじゃないか。でも、他の大人たちはぬいぐるみなんて欲しがるわけない。みんながみんな、小さい子どもがいて、プレゼントにしようと思ってるなら別だけど、そんな都合のいいことなんてないだろうし。一番選ぶ人が多い品物を選んだら勝ちなのに、リコが１人でぬいぐるみを選んでも、絶対勝てないでしょ」

「そうか？　お父さんはそうは思わないけどなぁ」

楽しそうに笑う父を見て、ジュンがあきれたように言う。

「何か考えがあるのか、ただ酔《よ》って適当なことを言ってるのか、わからないなぁ……あ、もう投票は終わっちゃったみたいだぞ」

カウンターに目をやると、ちょうどマスターが、ゲームの参加者から投票の紙を集め終わったところだった。もちろん、リコももう投票してしまっている。

「さぁ、では、投票結果を発表します」

仮に攻略法があったとしても、もう何もできない。ミサたちはなすすべもなく、投票の紙を一枚ずつ開いて確認していくマスターを見つめた。

「おっと、これは！」

マスターが驚いたように声をもらす。そして、投票された品名を読み上げる。

「ぬいぐるみ、ぬいぐるみ、ぬいぐるみ、ぬいぐるみ、ぬいぐるみ、ぬいぐるみ、ぬいぐるみ……」

少しの間を置いた後、マスターは最後の1枚を読み上げた。

「ネクタイ」

1人を除いてみんな、ぬいぐるみだ。ミサたちは驚かずにはいられなかった。

「勝ったのは、ぬいぐるみに投票した8名です。これまで、こんなに一つの商品に投票が集中したことは記憶にありません。でも約束です。今日は大盤振る舞《おおばんぶるま》いだ！」

そう言いながらマスターはカウンターを抜け出し、隣のギフトショップへ行って、8つのクマのぬいぐるみを抱《かか》えて戻《もど》ってきた。それから、一人ひとりにぬいぐるみを渡していく。

「どういうこと？　カウンターの男の人たちは、みんなぬいぐるみ好きだったの？」

ミサが言うと、父が大笑いした。

「ハッハッハッ、きっとこうなるんじゃないかと思っていたよ」

「お父さん、笑ってないで、種明《たねあ》かししてよ」

ジュンにつつかれて、父は楽しそうにうなずく。

「いいかい、『美人投票』では、優勝者だけでなく、優勝者に投票した人も賞品がもらえる。そうするとみんな、『自分が美人だと思う人』ではなく、『優勝しそうな人』――つまり、多くの人が美人だと思いそうな人に投票したほうがいい、と考えるようになるんだ。そのほうが得できるからね。同じようにこのゲームに参加した人も、ゲームに勝つために、自分が欲しい物ではなく、みんなの投票が集まりそうな物を選んだってことさ」

「でも、みんなの投票が集まりそうな物が、何でぬいぐるみなのさ？」

納得できずタクが言う。父はそれに答えて続けた。

「だって、他の男性の参加者が何を選ぶかはわからないけど、リコは間違いなく、ぬいぐるみを選ぶだろう？　少なくとも1人は確実に投票するんだから、その分、他の品物より有利だ。ここで大事なのは、みんな、『他の参加者も、みんなの投票が集まりそうな物を選ぶだろう』と、考えてるってことさ。だとするなら『他の参加者も、ぬいぐるみに投票するのが有利だと考えるに違いない』ということになって、つまり『みんなの投票はぬいぐるみに集まるはずだ』と判断することになる――とまぁ、そういうわけさ」

「なんだかややこしいわね……」

顔をしかめるミサを見て、父はさらに続けた。

「実は、これは株《かぶ》の取引とも同じ仕組みなんだよ。会社の価値というのは、その会社の株の値段、つまり株価で決まるんだ。そして、株価というのは、その株を買う人が多いほど上がっていく。だから、多くの人が買いそうな株を予測して買えば、値段が上がって得ができるのさ。そういうわけで、『美人投票』は株取引の例えとしてよく使われる。『攻略法を知っていたら大金持ちになれる』と言ったのは、そういうことだよ」

「まぁ、何にせよ、リコがぬいぐるみをもらえてよかったよ……あれ？」

ジュンはカウンターのリコを見て、また驚いた。

なんと、リコはぬいぐるみが配られず、1人しょぼんとしていたのだ。

ぬいぐるみを持っているのは、リコ以外の8人の男性たち……ということは、ぬいぐるみに投票しなかったただ1人の参加者は、リコだったのだ。

「どうしてぬいぐるみに投票しなかったの？」

地球一家がリコの周りに集まる。ミサに聞かれて、リコは答えた。

「ぬいぐるみは、誰も欲しがらないと思ったから」

ゲームに勝つためには自分の欲しい物ではなく、みんなの投票が集まりそうな物を選ぶ――リコは、ちゃんとそれをわかっていたのだ。

「でも、ネクタイをもらっても、リコは使わないでしょ？」

「だって、お父さんに似合うと思ったから」

がっかりしているリコを見ながら、ジュンがつぶやく。

「みんなの投票が集まりそうな物を選ぼうとして、逆に1人だけ別のものを選んでしまうなんてな。他の男性たちも、みんながぬいぐるみをもらうことになるなんて……なんか変な結果になっちゃったね」

「そこが『美人投票』の難しささ。世の中、なかなか思い通りにはいかないものだ。だからこそ、株取引だって、簡単に大儲《おおもう》けはできない。さて、ちょっと待っていてくれ」

父はそう言って、ギフトショップに歩いていった。

しばらくして戻ってきた父は、買ってきたものをリコに見せた。

それは、さっきのゲームでリコが選んだ、ネクタイだった。

「リコ、プレゼントをありがとう。自分の好きな物を我慢《がまん》して、父さんのために選んでくれたんだろう?」

父がリコに微笑むと、リコも、しょぼくれた顔を上げて微笑んだ。


バーを出て、レストランで夕食を済ませた後、地球一家はホストハウスに向かった。その道中で、母ユカが夫にささやいた。

「私、あなたがギフトショップに行った時、自分のネクタイじゃなくて、リコのためにぬいぐるみを買ってくるんだと思ったわ」

「うん、最初はそうしようと思ったけど、ぬいぐるみはまだチャンスが残っていると思ってね」

父ノブは意味深《いみしん》にそう言った。

ホストハウスに着くと、玄関を開けて、ホストファーザー《H》が出迎《でむか》えてくれた。

「お待ちしていました。お入りください」

そう言うHファーザー《ホスト》の顔を見て、父は心の中でニヤリとした。それは、バーのカウンターでゲームに参加していた男性客の一人だったのだ。

実は、父はあらかじめもらった資料で写真を見ていたので、ゲームに参加している男性が、Hファーザーだと気づいていた。資料には、今回のホストファミリーに、小さい子どもがいないことも書かれていた。つまり、このHファーザーは、もらったぬいぐるみを持《も》て余《あま》しているに違いない。

父が小声でリコにささやいた。

「リコは運がいいな。きっとぬいぐるみがもらえるぞ」

しかしその時、Hファーザーの後ろから、リコより幼い女の子が、ぴょこんと顔を出した。腕にはあのクマのぬいぐるみをしっかりと抱きかかえている。

「地球から来た皆さんと、ぜひお話ししたいと、今夜は親戚《しんせき》まで集まっているんですよ」

そう言って、Hファーザーが幼《おさな》い姪《めい》っ子《こ》を紹介する。

父ノブは、こっそりぼやくようにつぶやいた。

「やっぱり世の中、なかなか思い通りにはいかないものだな……」

運命のコイン投げ

「ねぇ、おひるごはん、何にする？」

「カレーかな。でも、スパゲッティもいいなぁ。どっちにしようか……」

また新しい星に来て、地球一家がホストハウスへ向かっていると、そんな会話が耳に入った。

会社員らしき2人の女性が、信号が変わるのを待ちながら話しているのだ。

「迷ってないで、コレで決めましょうよ」

女性の1人がカバンから小さな箱を取り出す。手のひらに乗るサイズの透明《とうめい》な箱だ。

「表ならカレー、裏ならスパゲティね」

次の瞬間、箱の中で何かが跳《は》ね上《あ》がった。

「決まり。今日はスパゲティよ！」

そう言って女性たちは、信号が青になった道を歩いていく。

「今の、何だったのかしら？」

首を傾《かし》げるミサに、タクが言う。

「見て、あそこの人も同じのを持っているよ」

道《みち》の端《はし》で一人の男性が、女性たちが持っていたのと同じ小箱を手にしている。

「表ならまっすぐ帰る。裏なら買い物して帰る」

そうつぶやくと、男は箱についているボタンを押した。やはり箱の中で何かが跳ね上がる。

注意して見ていると、跳ね上がったのはコインだとわかった。箱の中でコインが回転し、やがて倒れる。「よし、まっすぐ帰ろう」とつぶやいて男は歩き出す。

「あれは、コインを投げるための機械だ。みんな持ってるみたいだぞ」

父ノブが言う。気にしてみると、町のそこらじゅうで、その箱を使って、みんながコインを投げているのだった。


「この星では、少しでも迷ったときは何でもコインを投げて決めるんですよ」

ホストハウスにたどり着いた地球一家に、ホストファーザーはそう説明した。

リビングのテーブルに、例のコイン投げの箱が置いてあった。ずいぶん古びている。

「コイン投げの箱を使えば、たとえ外でも気軽にコインが投げられます。変なところに飛ばしてコインをなくす心配もありません。それに表と裏がともに50％の確率で出ることが保証されています。私はこの箱を、子どもの頃から50年使い続けています。高校や大学の進学、就職に結婚……数々の人生の大イベントも、これを使って決めてきました」

「そんな大事なことまで、コインで⁉」

ミサが驚《おどろ》いて、思わず声を上げた。H《ホスト》ファーザーは笑って言った。

「人生、何より肝心《かんじん》なのは、決断のスピードです。考え込んでも仕方ありません。優柔不断《ゆうじゅうふだん》では人生損をするばかり。この星には、他の星にまで名をとどろかせるような、成功した実業家が多い。それもこれも、コインのおかげでテキパキと物事を進めることができるからです。一度コインを投げたからには、裏でも表でも覚悟《かくご》を決めて決断する——私自身、一代で相当な財産を築《きず》けたのも、そうしてきたおかげだと思っています」

今回のホストハウスは、かなり立派な邸宅《ていたく》だった。かなりの財産があるようだ。

「ところで、今日の夕食なのですが、どうしましょうか？　本当なら妻の自慢《じまん》の手料理をごちそうしたいのですが、ちょっと予定がかぶってしまいましてね。妻は友人と泊まりがけで旅行に行っているんです。代わりに高級ホテルのディナーへご案内することもできますが、旅疲れで軽い食事がよければ、近所のスーパーで買ってすませることもできますよ」

Hファーザーにそう言われ、父ノブと母ユカが小声で相談する。「せっかくだから高級ホテル?」「でも、そこまで甘えていいのかしら」「でも、裕福《ゆうふく》そうだし」……。

「迷っていらっしゃるようでしたら、私がこれで決めましょう」

Hファーザーは、コインの箱を手に取った。

「表ならホテルのディナー、裏ならスーパーのお総菜《そうざい》。星マークのついている面が表ですよ」

箱のボタンを押す。コインが跳ね上がり、くるくる回って倒れる。星マークは……ない。

「裏だ。スーパーに買いに行きましょう」

地球一家はうなずきつつも、少し残念に感じた。

「それから、皆さん、今日はどこでお休みになりますか? もちろん我が家に泊《と》まっていただくこともできますが、お疲れでゆっくりしたいなら、ホテルの最高クラスの部屋を予約することもできますよ」

父ノブと母ユカがまた迷う。すると、Hファーザーはもう一度箱を手にとった。

「表なら我が家、裏ならホテルのスイートルームに……」

跳ね上がったコインがくるくる回って倒れ、今度は星マークのついた面が上になる。

表だ——またもやホテルを逃《のが》して、ちょっとガッカリしつつ、その日、地球一家はホストハウスの用意された部屋で、体を休めた。

次の日の早朝、タクとリコが大騒《おおさわ》ぎしている声でミサは目を覚ました。

見ると、タクとリコがジュンに泣きついている。

「いったい、どうしたの？」

ミサが聞くと、ジュンが困った顔をして答えた。

「タクとリコが、コイン投げの箱を壊《こわ》しちゃったんだよ」

「ええっ？」

「リビングのテーブルに置いてあったのを、タクがトイレに起きたときに見つけて、持ってきちゃったんだ。それでリコと2人でいじって遊んでいるうちに、落としちゃったらしくて……」

ジュンが箱を差し出す。見たところ、特に割れたり傷ついたりはしていないようだ。ミサがボタンを押すと、箱の中でコインが跳ね上がった。

「何だ、ふつうに動くじゃない……」

そう言いながら、何度かボタンを押して、ミサは気づいた。何度押しても、コインの星マークのある面が上にならない。つまり、裏しか出ないのだ。

「これ、どうなってるの?」

「わからない。ここに来て初めて見たものだし。下手に分解したらもっと変になるかも……」

機械に強いジュンがそう言うなら、もうどうしようもない。

やがて目を覚ました父ノブと母ユカも話を聞いて、タクとリコを叱《しか》って言った。

「人のものを勝手にいじるからこうなるんだ。もう正直に謝るしかないだろう」

地球一家がそろってリビングへ行くと、Hファーザーもすでに起きてそこにいた。父ノブがコインの箱を見せながら話をしようとすると、その前にHファーザーが焦った様子で言った。

「あぁ皆さん、ちょうど起こしに行こうと思ってたんです。実は今さっき、電話がありまして、妻が旅行先で大ケガをして病院に運ばれたそうなんです! 今すぐ病院に行かなければ。皆さんに留守番をお願いするわけにはいかないので、一緒に来ていただけませんか」

Hファーザーは地球一家の父の手からコインの箱を取り、あわてて出かける準備をする。突然の話に驚きながら、地球一家も急いで準備をした。

地球一家とともに病院に着いたHファーザーは、廊下で外科医から説明を聞いた。Hファーザーの妻の足は重傷で、ただちに手術しないと、一生治らないかもしれないという。

「手術の方法は2つあり、1つの方法のほうが新しい手術方法で、後遺症《こういしょう》のリスクは少ないのですが、手術代はかなり高額になります」

医者が、Hファーザーに2つの手術方法の詳細と金額の書かれた紙を見せる。

「どうなさいますか？　今すぐの決断が必要です」

Hファーザーが考え込む様子を、地球一家は見守った。後遺症のリスクの少ない手術に決まっているだろう。お金持ちだったのが不幸中の幸いだ。

しかし、意外にも、Hファーザーはコインの箱を取り出した。

「表が出れば高額なほうの手術、裏が出れば違うほうの手術……」

地球一家は、「まずい!」と思った。そのコインの箱は、壊れて裏しか出ないのだ。みんなあわてて説明しようとしたが、その前にHファーザーは箱のボタンを押してしまった。

コインが跳ね上がって、くるくると回る。このまま、もし裏が出たら……。

「一度コインを投げたからには、裏でも表でも覚悟を決めて決断する」――昨夜のHファーザーの言葉を思い出す。一度投げたからには、後で故障《こしょう》と知っても決断を変えないかもしれない。

地球一家は息を飲んでコインを見つめた。奇跡的に表が出てくれと念じながら。

パタリ、とコインが倒れる。結果は……。

「裏だ……」

Hファーザーが医者のほうを向く。地球一家が焦《あせ》って止めようとする。しかし、Hファーザーはかまわずキッパリと言った。

「先生、お願いします。すぐに高額なほうの手術を始めてください！」

その言葉に、地球一家は口を開けて、ポカンとしてしまった。

Hファーザーの決断について、ちゃんと話を聞けたのは、手術がすんでからだった。手術中の妻を心配するHファーザーは、とても質問できる雰囲気ではなかった。医者が手術の成功を伝え、ようやくホッとして顔を緩《ゆる》ませたHファーザーに、ミサが遠慮《えんりょ》がちに聞いた。

「あの、どうして今回の手術方法を選んだんです？　コインの結果は逆だったのに……」

Hファーザーはキョトンとしてから、声を上げて笑い出した。

「まさか、この星の人間は、『コインを投げたら、絶対その結果に従《したが》う』と思っていたんですか？　そんな運任せなことはしません。ほら、箱の裏に使い方が書いてあるんですよ。『何事も迷ったときはコインを投げるべし。コインの結果を見て何の不安もなければ、その結果に従うべし。少しでも未練があれば、逆《ぎゃく》のほうを選択すべし』とね」

コインの箱の底のラベルを見せながら、Hファーザーは続けた。

「お金のことなんて、全然関係なかったんです。でも、妻に手術が必要だと言われて、私は少し不安になりました。頭が真っ白になって、決断する勇気が出なかった。後遺症のリスクは少ないとはいえ、新しい手術方法は、手術自体の知見が足りないのではないのだろうか……不安だったんです。だからコインを投げたんです。裏が出たとき、『やはり妻には、最新の技術の手術を受けさせたい――ハッキリそう感じて、決意することができました』

「その、ごめんなさい、実は、その箱、落として壊してしまって、裏しか出ないんです」

タクとリコが、おどおどと頭を下げた。

Hファーザーは少し驚いた顔をしたが、すぐに微笑《ほほえ》んで言った。

「構いません。結局選ぶのは自分です。私のこれまでの人生の選択が、本当に正しかったかはわからない。逆を選んでいたら、もっといい結果になったかもしれません。でも、ただ一つたしかなのは、迷ってばかりではなく、キッパリと決断することで気持ちが前向きになり、運も開けていくということです。自分の気持ちを見つめなおし、一歩を踏み出す勇気を出す——それが、このコインの本当の役割なんですよ。『覚悟を決めて決断する』というのは、そういうことなんです」

「そうだったんですね。このコインに必ず従うものだと思っていたので、すごくハラハラしました。昨日は全部コインの結果の通りにしていたので……」

母ユカがそう言うと、Hファーザーはまた大きな声で笑った。

「あー、昨日は小さな迷いごとばかりでしたからね。わざわざコインに逆《さか》らうほどのことじゃないでしょう。皆さんがどんな食事をしようと、どっちでもいいし、皆さんがどこで寝ようと、どっちでもいいじゃないですか。ハハハ」

安心して気が緩んでいるとはいえ、ずいぶん失礼な言葉に、ミサはカチンときて、冗談《じょうだん》交《ま》じりにジュンに言った。

「ねえ、コイン持ってない？」

「どうして？」

「Hファーザーの足を踏《ふ》んづけてやるかどうか、コインで決めたいのよ」

鉄道検定

「鉄道はこの星の誇《ほこ》りです！　この星の歴史は、常に鉄道の発展とともにあったんです！」

列車に揺られながら、ビストが熱く語った。今回お世話になるホストファミリーの、息子の1人だ。

「兄さん、さっきから鉄道の話ばかり。地球のみなさんも飽《あ》きてしまうよ」

ガストがおどおどしながら口をはさむ。ビストの双子《ふたご》の弟だ。

この星に着いた地球一家は、まず星間シャトルの空港からバスに乗って、駅へ出なければいけなかった。そこから鉄道を乗り継いで1時間。静かな郊外に、今回のホストハウスはある。

乗り間違いをするといけないので、ビストとガストが、最初の駅まで迎《むか》えに来てくれた。そして、2人の案内で、地球一家はホストハウスがある町の駅に向かって、列車に揺られているのだった。

ガストの言う通り、地球一家に会ってから、ビストはひたすら鉄道の話をしている。興味深いところもあったが、この星に関する別の話も聞きたい。

ただ鉄道マニアのタクだけは、ずっと目をキラキラさせて耳を傾《かたむ》けていた。

「飽きるなんて、そんなことありません！　すごくおもしろいです！」

「おお！　タクくんは鉄道が好きか？　なら、とっておきの話を……」

ガストの言葉など気にもせず、ビストがいつまでも話を続けそうだったので、ミサがすかさず口をはさんだ。

「あのう、お2人は、お仕事は何をされているんですか？」

ガストは救われたような顔をして、すぐに答えた。

「いえ、2人ともまだ大学生で、今年卒業します」

「あら、そうなの。卒業した後のことは決まっているの？」

母ユカが聞くと、ガストはちらっとビストのほうを見てから、困《こま》ったように言った。

「それが……また鉄道関係の話になって申し訳ないのですが、実は、僕たちは2人とも大学を出たら、鉄道会社で働く予定だったんですよ。この地域には2つの鉄道会社があります。N鉄道とS鉄道です。僕たちはそれぞれ別の鉄道会社の採用試験を受けて、兄はN鉄道の最終試験に合格、そして、僕はS鉄道の最終試験に合格したんですが……」

ガストはため息をついて続けた。

「その2つの鉄道会社が、突然合併《がっぺい》することになったんです」

「合併というと、1つの会社になるということかい？」

父ノブが確認すると、ガストはうなずいた。

「はい。2つの会社がくっついて、新しい会社になるんです。でも、その新しい会社では、今年は新入社員を1人しかとらないというんです」

「え、ということは、それぞれの最終試験を合格していたお2人は、どうなるんです？」

「それなんですが、僕らが合格したのは、それぞれ片方の会社だけですから、2つの会社が1つになった新しい会社として、改めて最終試験を行うことになったんです。それぞれの会社の合格者、つまり、僕とガストが競《きそ》って、どちらか1人が採用されるということに……」

ガストがここまで話すと、ビストがキッパリとした口調で言った。

「そんな試験、僕はやるだけ無駄《むだ》だと思うんですけどね」

「無駄って、なんで？」

リコが聞くと、ビストは笑った。

「どうせ合格するのは僕なんです。実は、その試験は、今日これから行われるですよ。この国には、鉄道検定試験という、鉄道についての知識をはかるテストがあるんですが、それを家のコンピューターを使って受けて、その結果で、どちらを採用するか決めると会社からは言われています。僕はN鉄道の入社試験の時に一度、鉄道検定を受けて、１０００点満点で９８０点という高得点をとりました。何回受けても同じくらいの点数は出せますよ」

ビストは、ガストを見て、ニヤリとする。

「そんな点をとることは、ガストには無理です。S鉄道の試験は面接だけだったので、検定を受けるのも初めてですし。それに、ガストはね、他の会社の採用試験に一つも受からなくて、ようやく合格したのが、たまたま鉄道会社だっただけなんですよ。そんなヤツが、鉄道マニアの僕にかなうわけがありません。楽勝です」

ビストの話を聞きながら、自分のことでもないのに、ミサはちょっとムッとした。あまりにも馬鹿にしたような言い方だ。

「何か言い返さなくていいんですか」

ミサはガストにささやいたが、ガストは肩を落とすばかりだった。

「兄の言っていることは、全部本当ですから……」

やがて、電車は終点の駅に到着し、ビストとガストと地球一家は、ホームに降り立った。空気がとてもきれいだ。ビストたちの話によれば、ここはこの地域で一番小さな駅なのだという。利用する人も少ないらしく、他に電車から降りた人はいなかった。

ホストハウスに向かって歩き出しながら、ビストは熱くタクに語りかけた。

「どうだい、タク君。都会の大きな駅もいいけれど、こういう小さな駅にこそロマンがあり、ドラマがあると思わないかい?」

「僕にもその気持ち、わかります」

「そうかい。それは、僕も君も心から鉄道を愛している証拠だよ。実は、この駅はあまりにもさびれているから、取り壊して、路線も廃線《はいせん》にするという噂《うわさ》が出ているんだ。でも、僕が入社したら絶対にそんなことはさせないよ!」

もうすでに入社が決まったかのような話しぶりだ。

一方のガストは、やはり自信なさげだ。

「僕は、兄ほどの鉄道の知識がありません。でも、ここで受からなかったら、他に行けるところはないんです。兄の言う通り、たまたま合格しただけで、正直、鉄道会社じゃなくても、どこでもよかった。僕なんて、鉄道会社にはふさわしくありません。こんな僕が、あんなに鉄道を愛している兄に勝つなんて、無理です……」

ビストの態度にもムカムカしたが、ガストの弱気な態度にも、ミサは腹が立った。

「ふさわしくないとか、無理とか、勝手に自分で決めて、やる前からあきらめちゃダメよ！」

ミサがビシッとガストに言う。ガストは少し驚《おどろ》きつつ、弱々しい声で答えた。

「でも、僕には自信がありません」

「試験に向けて、何もしてこなかったわけじゃないでしょ？」

「改めて最終試験をやると発表されてから、1ヵ月間、必死に勉強はしましたが……」

「なら、とにかく全力でやりなさいよ！　人生、何がどう転ぶかなんてわからないんだから！」

ミサは、ガストの背中を思いっきりひっぱたいた。その力があまりに強かったので、ガストは思わずせき込んだ。しかし、そのおかげで、気合が入ったらしい。

「そうですよね……。嘆《なげ》いてもしかたがない。できるだけのことはしてみます！」

顔を上げたガストを見て、ミサは微笑《ほほえ》んだ。

ホストハウスに着くと、ビストとガストは、さっそくそれぞれのコンピューターで鉄道検定の受験を始めた。結果がわかるのは翌日《よくじつ》だという。

そして翌朝、ホストハウスを、鉄道会社の人事部長が訪《たず》ねてきた。

「おはよう。最終試験の結果について、直接伝えにきたよ」

年配の人事部長の前で、ビストは余裕の表情を浮かべている。ガストは緊張した顔だ。

いったい、どちらが受かるのか。地球一家もドキドキしながら、結果発表を見守る。

「まずは鉄道検定のそれぞれの点数だが……」

ガストは目をつぶって祈った。兄のビストは、おそらくまた980点台をとってくるだろう。自分も980点はとらないと勝負にならない。

「ガスト君の点数は……990点だ」

それを聞いた瞬間、ガストの顔に微笑みが浮かんだ。そんな高得点、信じられない！

「やった！　すごいわ！」

ミサも思わず声を上げる。ガストの点数は、以前の試験の時のビストの点数を大きく上回っている。これなら……!

「次にビスト君の点数……995点だ」

人事部長の言葉を聞いて、ガストの表情が凍りついた。ビストがいっそうニヤニヤした顔でガストのほうを見る。まさか、前の試験より15点も高いなんて!

「これが鉄道マニアの力だ!」とでも言わんばかりに、ビストは胸《むね》を張《は》る。

人事部長が落ち着いた口調で言った。

「で、この結果を受けて、今回の採用試験は……ガスト君の合格とする!」

ガストだけでなく、ビストも地球一家も、誰もが耳を疑った。

「人事部長、僕らが双子だからって、名前を間違えてませんか? 高い得点をとったのは僕、ビストのほうなんですよね?」

ビストが言う。しかし、人事部長は表情を変えずに答えた。

「たしかに、ビスト君のほうが高得点だった。しかし、入社してほしいのはガスト君のほうだ。私は、点数が高いほうを入社させるとは一言も言わなかったはずだ。私の方針は逆《ぎゃく》で、基準点さえ満たしていれば、点数の低いほうを入社させるつもりだったんだ」

わけがわからない様子のビストを見つめて、人事部長は話を続けた。

「ビスト君。私は、鉄道検定の点数が高い人ほど、鉄道のことしか頭にない傾向があると考えている。でも、これは個人的な考えだが、私は我が社にはそんな人間を入社させたくないんだ」

「そんな！　なんで！」

タクが思わず声を上げる。人事部長は一度ちらりとタクを見てから、さらに続けた。

「私が採用したいのは、将来の経営者候補だ。我が社は、合併して力を合わせなければやっていけないほど経営が苦しくなってきている。経営状態を改善させるには、例えばほとんど利用者のいない不要な駅を取り壊したり、路線を廃線にしたりするなどの思い切った対策も必要だ。鉄道マニアの君に、それができるかね？　鉄道マニアは、ロマンやドラマだと口にして、現実を見ず、鉄道を愛する気持ちを会社の利益よりも優先させてしまいかねない」

タクもビストも、返す言葉がなかった。人事部長は、ガストに向き直り肩をたたいた。

「ガスト君、君は鉄道に関する知識や経験は足りない。しかし、そんなものは、仕事をしていれば自然と身につくものだ。だからこそ、適度な距離をもって仕事をし、冷静な判断をしてほしい。強すぎる愛は、物事を見えにくくしてしまう。愛より、一生懸命にがんばる誠実さに期待するよ」

ガストが大きく何度もうなずく。そのほほには、一筋《ひとすじ》の涙《なみだ》がつたっていた。

「それでも、点数が低いほうが合格なんて……」

ビストは、自分を差し置いてガストが受かったことが、どうしても納得できず、絞《しぼ》り出《だ》すように言った。しつこく食い下がるビストに、人事部長は微笑みを向けた。

「納得できないかもしれないけど、理解してほしい。これは、会社を立て直すための方針なのだ。それに、もし仮に点数の高い順に合格させていたとしたら、君は最終試験にも残らなかったはずだ」

「え？　どういうことです？」

「君は、N鉄道の入社試験の時に９８０点をとったことを自慢《じまん》にしていたようだが、実は、あの試験を担当していたのも私だったんだ。君以外の受験者は、みんな満点をとっていたよ。つまり君を合格にしたのは、君が受験者の中で最低点だったからなんだ。君はマニアとしても物足りない。鉄道の現実どころか、自分の実力もよく見えていないようだね」

相《あい》棒《ぼう》保《ほ》険《けん》

「わぁ！」

地球一家の子どもたちは、思わず声をもらした。

この星でお世話になるホストハウスで、「アルボ」に出会ったからだ。

今回のホストファミリーは、一人暮らしの女性だった。

しかし、アルボというのは、その女性のことではない。そもそもアルボは人間ですらない。

アルボはペットロボットだ。犬や猫に似た形をしているが、そのどちらとも違う不思議なデザイン。体は銀色で、まさにロボットという感じだが、とても愛くるしい。地球一家は、このアルボのことを、シャトルの中で読んだ旅行ガイドを見て知っていた。

「一緒に暮らすロボットのことを、この星では『相棒』と呼びます。簡単な会話だってできるんですよ。アルボは、人の年齢を当てるのが得意なんです。試してみてください」

今回のホストファミリーのキサラに言われて、タクがアルボにたずねる。

「アルボ、僕は何歳《なんさい》に見える？」

「ピピピ……10歳」

「正解！　すごいや！」

地球一家はアルボに興味津々《きょうみしんしん》だ。自慢の「相棒」に、みんなが夢中になっているのをニコニコして眺《なが》めながら、キサラが話を続けようとした時、電話が鳴った。

顔をしかめて、キサラが電話に出る。この星ではテレビ電話が一般的らしい。画面に映《うつ》った男性が地球一家からも見えた。男性は過剰《かじょう》に丁寧な口調で話し始めた。

「いつもお世話になっております～。キサラさん、今日こそ、我が社の保険に入りませんか？世の中、いつ何が起きるかわかりません。相棒とあなたの暮らしを守りたいんです」

「結構です。私の相棒は心配ありません」

キッパリ言って、キサラは電話を切った。キサラはやれやれと地球一家に向き直る。

「また『相棒保険』の勧誘です」

「『相棒保険』？」

首をかしげるミサに、キサラは笑って答えた。

「相棒が壊《こわ》れた時のための保険ですよ。相棒は、故障すると、修理にすごい大金がかかるんです。でも、保険に入って毎月保険料を支払《しはら》っていると、その修理費を保険金として受け取ることができるんです」

「なるほど。保険の制度なら地球にもありますから、わかりますよ。ものにかける場合もあれば、人間がケガや病気をしたり、亡《な》くなったりした時のための保険もあります」

ジュンが言うと、キサラは少し驚《おどろ》いた顔をした。

「人の命に保険をかけるってことですか？　それは驚きですね。この国では、人の命に関わることには、政府がきちんとお金を出してくれます。保険が必要なのは、相棒の命だけなんです」

そこまで話した時、またキサラの電話が鳴った。先ほどとは別の男性が画面に映る。

「お世話になっております！　相棒保険の……」

「結構です」

電話を切って、キサラはため息をついた。

「保険の契約がなかなか取れないのか、保険会社の営業員も必死です。1日に10件以上は電話がかかってきます。断ってもしつこく何度もかけてくる営業員もいますし、嫌になりますよ」

「みんな、あんまり保険に入らないんですか？　入ったほうが安心できそうなのに……」

心配性のタクの質問に、キサラは肩《かた》をすくめて答えた。

「毎月の保険料もそれなりにかかりますからね。そもそも相棒はめったに壊れないんですよ。確率で計算すると、保険に入らないほうがずっと得なんです。何もないのにお金だけ払うなんて、馬鹿馬鹿しいでしょ？　それに、相棒は完全に壊れる前に、会話の受け答えがおかしくなったり、必ずちょっとした異常が出ます。その翌日には完全に動かなくなりますが、逆に言えば、異常が出た日のうちに保険に入れば、間に合うんです。そうすれば、保険料を1日分支払うだけで、次の日には修理のための保険金をもらえるんですから、無駄《むだ》がないでしょう」

その時、また電話が鳴った。キサラは、腹を立てた様子で電話に出た。

「あのね、どれだけ電話されても保険なんて……って、あなた、パエラじゃない！」

画面に映った若い女性を見て、不機嫌だったキサラの声が明るくなった。

「キサラ先輩。お久しぶりです。実は私、保険会社に転職したんです。相棒を守る仕事をしたくて……。それで、もしよかったら、初めての契約は先輩と、と思いまして」

話を聞いていると、相手はキサラの大学時代の後輩らしい。しばらく思い出話をした後、キサラは申し訳なさそうに言った。

「ごめんね、パエラ。やっぱり保険に入る気にはなれないのよ。相棒が壊れるなんて、本当に万に一つのことだもの。あなたも相棒のための仕事をしたいなら、めったに使うことのない保険より、もっと他の仕事のほうが、やりがいがあるんじゃないかしら」

そこまで話して、キサラは電話を切った。その時、タクとリコは、キサラの電話に耳を傾《かたむ》けているのに飽きて、またアルボと遊び始めていた。

「私、リコ。何歳に見える?」

「ピピピ……82歳」

「ええっ!? ……私、そんなおばあさんに見えるかな?」

リコがガッカリした時、キサラが叫《さけ》ぶように言った。

「ちょっと待って! アルボ、私は何歳に見える?」

「ピピピ……53歳」

地球一家は驚いた。キサラは20代だと聞いていたからだ。アルボの答えは明らかにおかしい。

キサラは、見るからにあわてふためいていた。

「これは、さっきお話しした、完全に壊れる前の異常です。まさか、こんなに突然……。今日中に保険に入らないと！　毎日電話してくる営業員が5人もいるんです。片っ端から電話してみます」

キサラがテレビ電話に番号を入れると、最初に電話をかけてきたのと同じ男性が映った。

「もしもし、キサラです。今すぐ保険に入らせてください」

「これはこれは、キサラさんのほうからお電話を頂けるなんて光栄です……あー、ですが、大丈夫《だいじょうぶ》です。もう間に合っていますので、保険に入っていただかなくても結構ですよ」

「へ？」

「どうぞ、お気になさらず。今までしつこく電話したことは謝ります。どうか忘れてください」

キサラが次の言葉を言う前に、電話はプツッと切れてしまった。

「どういうこと？　まあ、いいわ。他にも当てはあるから」

キサラは次々に営業員に電話をかけたが、結果は同じだった。

「お気になさらず」「忘れてください」「もう入っていただかなくて結構です」……営業員はみ

んな口をそろえて、保険に入りたいというキサラを断るのだった。

「これまで毎日、あんなに『入れ、入れ』と電話してきたのに、急に手の平を返すなんて……」

キサラが不思議がっていると、ミサがひらめいて言った。

「きっとキサラさんの態度が変わったからですよ。自分から突然電話してくるなんて、相棒が壊れかけているに違いないと感づかれたんです。今まで保険料を払っていない、入ったばかりの相手に保険金を渡すなんて、保険会社としては大損《おおぞん》だから、避《さ》けられるんです」

「じゃあ、どうしたら……」

うろたえるキサラに、ミサが言う。

「自分から入りたいと言うと怪《あや》しまれてしまうから、勧誘されるのを待てばいいんですよ。一日何度も電話はかかってくるでしょう?」

その時、タイミングよく電話が鳴った。ミサのアドバイスを頭に入れて、キサラが出る。

「もしもし、保険ですか? はい! 入ります……。え、駄目なんですか?」

ガッカリして電話を切るキサラに、ミサがまた言う。

「相手からかけてきたとはいえ、そんなすぐに入りたいって言ったら、警戒《けいかい》されますよ。少し粘《ねば》って、しぶしぶ入る演技をしなきゃ……」

「ああ、もう！　めんどくさいわねっ！」

それから、保険の電話がかかってくるたび、キサラはためらったり、しぶったり、いろいろ演技してみた。しかし、「入る」と言ったとたん、どうしても相手に悟《さと》られてしまう。

キサラは結局、その日は保険に入ることができなかった。翌朝も早くから、保険に入る方法がないか、あれこれ試してみたが、うまくいかない。

そして、午前11時を回った時、とうとうアルボが動かなくなった。

「このまま夕方まで放っておくと、データが消えて、修理してもアルボは元に戻《もど》らなくなる。急いで修理をしないといけないのに……。もう、どうすればいいの！『あなたと相棒の暮らしを守りたい』なんて、調子のいいことをいつも言っていたくせに、いざ助けてほしい時には頼りにならないなんて！」

いらだつキサラをなだめるように父ノブが言う。

「保険会社も、保険金を渡すばかりでは商売が成り立ちませんからね。何もない時に払う保険料は損に思えますが、何かあってからでは遅い。保険の難しいところです」

キサラは頭を抱えて、黙《だま》り込《こ》んでしまった。しかし、やがてハッとしたように顔を上げた。

「そうだ、パエラだわ！　……あの子なら、転職したばかりだから、変な勘繰《かんぐ》りをされず、入れてくれるかもしれない！」

思いつくが早いか、キサラは電話に手を伸《の》ばす。パエラはすぐに出た。

「キサラ先輩、おはようございます。どうしたんですか？」

「実は昨日一晩考えて、私、あなたの保険に入ってもいいかなと思って」

「本当ですか？　ありがとうございます！　今すぐそっちに行きますね。私の契約第1号です！」

心から嬉しそうな声を上げて、パエラが微笑《ほほえ》む。

そのあまりに無邪気なパエラを見て、キサラの顔が曇《くも》った。

「……」

「先輩？　どうかしました？」

「……ちょっと待って……。ごめん、やっぱりやめておく。本当にごめん……」

とまどうパエラを振り切るようにキサラは電話を切った。それから、弱々しくつぶやいた。

「ダメだわ。いくらなんでも、私にはできない。こんな後輩をだますようなやり方……」

「でも、そうしたら、アルボの修理は?」

母ユカが聞く。キサラはしばらく答えなかったが、やがて心を決めたように言った。

「アルボとお別れなんて、できない。貯金を全部使って、修理代を支払います。私が馬鹿だったんです。どんなに確率が低くても、起こらないなんて保証はない。保険に入らないなら入らないで、ちゃんとこうなった時のことを考えておかないといけなかった。私はきっと、お金をケチる理由がほしくて、もっともらしいことを言っていただけなんです」

そう言ってキサラは、また電話をかけ始めた。今度画面に映ったのは、保険会社の営業員とは違う相手だ。しばらく話をして、キサラは電話を切った。

「今、修理の申し込みと支払いが終わりました。世の中、何が起こるかわからない。それが当たり前なんです。どんな選択をするにしても、その気構《きがま》えだけはしておかないといけない。貯金はなくなっちゃったけど、いい授業料だったと思うことにします」

キサラは微笑んでいたが、地球一家は、何と声をかけていいかわからなかった。

沈《しず》んだ空気を変えようと、キサラがテレビをつける。テレビでは、アナウンサーがちょうどこんなニュースを読み上げていた。

「ただいまお話ししたように、相棒保険制度は廃止することに決まりました。相棒の命も、人命と同様に、本来は国が無償で守るべきものです。そこで、今日の午後からは、相棒の修理にお金をかける必要がなくなります。それに伴《ともな》い、相棒保険も不要になりました。皆さんお気づきだったと思いますが、もともとこの保険制度は、かけひきに勝った人だけが得をして、うまく機能していなかったのです……」

テレビを見つめて、みんなあっけにとられてしまった。

もし、あと少し修理を依頼するのを待っていれば、キサラは大金を支払わずにすんだのだ。

「わっ！　キサラさんっ!?」

あまりに信じられないニュースに、キサラは気が遠くなって倒れてしまった。あわてて地球一家が駆《か》け寄《よ》る。まったくもって、世の中は何が起こるかわからない。アルボの修理費は、キサラにとって、本当に高い高い授業料になってしまったのだった。

AIBOU
保険
wの安心

ゲーム機の起動

星間シャトルの空港を出て、地球一家はため息をついた。

新しい星に着いたというのに、天気は雨。

傘《かさ》を差しながら、ホストハウスまで歩かなければならなかった。

今回のホストハウスは、お店をやっているらしく、家と店がくっついた作りになっていた。家のほうの玄関がどこかわからなかったので、地球一家はお店の入り口から中に入った。

「わぁっ……!」

店内を見て、タクが思わず声をもらした。

小さな店だったが、棚《たな》には、簡単なボタンと画面のついた機械がいくつも並んでいる。それは地球の昔のゲーム機とよく似ていた。ゲーム好きのタクが目を輝《かがや》かせる。

「もしかして、地球からいらっしゃった皆さんですか?」

店の奥にいた、優しい顔つきの男性が声をかけてきた。ホスト《H》ファーザーだ。

「すみません、ご自宅のほうの玄関がどこかわからなかったので……」

父ノブが謝ると、Ｈ《ホスト》ファーザーは気にしない様子で答えた。

「いえ、家の玄関は裏にあって、わかりづらいですから。雨の中、大変だったでしょう。ここから家のほうにもつながっていますから、どうぞおあがりください」

「あの……これって、ゲーム機ですか？」

タクが棚の機械を指さしながら聞いた。すると、Ｈファーザーは微笑《ほほえ》んで答えた。

「そうです。ここはゲームを売っているお店なんです。こんな天気じゃ、観光にも出かけられないでしょうし、ぜひうちの商品で遊んで行ってください。実は、この星には、つい最近までゲーム機がなくて、ようやくできたものですから……。地球の皆さんには物足りないかもしれませんが……」

Ｈファーザーが自信のなさそうな顔になる。どうも気弱《きよわ》な性格らしい。

リビングに案内されると、そこにはＨマザーと、９歳《さい》になるという息子のミントもいた。

タクは早くゲームがしたくてウズウズしている。その様子を見て、Ｈファーザーも元気を取り戻して、タクにゲーム機を渡した。

地球のゲーム機のように別にソフトがあったり、新しいゲームをダウンロードしたりして遊ぶのではなく、元々、中に何種類かゲームが入っていて、それで遊ぶタイプのゲーム機らしい。

「人気があるのはやっぱり、敵機《てきき》を撃《う》ち落《お》とすシューティングゲームとか、ブロックを崩《くず》すゲームとか、レーシングカーのゲームですね」

Hファーザーがゲーム機と一緒に持ってきてくれた説明書には、プレイ中のサンプル画面が載《の》っていた。なめらかなグラフィックではなく、小さな四角い点で描かれた、いわゆるドット絵のシンプルなゲームが並んでいる。色もついていない、モノクロだ。

「おもしろそうですね。地球でも昔、同じようなゲームが流行しましたよ」

父ノブが言うと、Hファーザーはまた自信を失ったような顔になった。

「地球のゲームは、今はもっと進歩していると言いたいんですね。やっぱり、この星のゲームは遅れていますから……」

「いや、僕、けっしてそんなつもりじゃ……」

慌《あわ》てる父を無視して、タクがHファーザーに尋《たず》ねた。

「このゲーム機、まずはどうやってスタートさせるんですか？」

「簡単だよ。真ん中の赤いボタンがスタートボタンだから、それを押すだけだ。そのあとは、メニュー画面に従《したが》って進んでいけば、簡単にゲームができるよ」

Hファーザーがここまで説明した時、母ユカが口をはさんだ。

「ちょっと待って。ゲームもいいけど、せっかく旅行に来ているんだから、やっぱりどこか出かけない？　ゲームは帰ってきてからでもできるし……」

「でも、こんな大雨だよ？　もう少し小雨になるのを待ってからならいいけど」

ミサが不満げに言う。そこでHファーザーが提案した。

「天気予報を見る限り、今日は1日大雨ですよ。もしよかったら、車でどこかへご案内しましょうか？　と言っても、小さな車なので、乗れるのは運転手の僕と他に3人だけですが……」

結局、父と母と、あまりゲームに興味のないリコが、Hファーザーの車で出かけることになった。ゲーム好きなタクとジュン、雨が苦手なミサはホストハウスに残った。

出かける前に、ホストハウスに残る3人に、父が言った。

「あまりゲームをしすぎないようにな。特にタクは始めると止まらなくなるから」

「わかった、わかった」

そう答えるタクの目は、もうゲーム機にくぎづけになっている。ため息をついて、父はホストハウスを出ていった。

「さぁ、邪魔者《じゃまもの》はいなくなったぞ!」

タクは喜《よろこ》び勇《いさ》んで、ゲーム機のスタートボタンを押した。

Hファーザーは、タクとジュンとミサに1台ずつゲーム機を用意していってくれたので、ジュンとミサも、自分のゲーム機のスタートボタンを押した。

ところが、ゲーム機はまるで起動する気配がない。

「おかしいな。ボタンを押したはずなのに」

タクはもう一度ボタンを押した。ジュンとミサも、ゲーム機が反応しないので、またボタンを押す。それでも、やはりゲーム機は起動しない。何度ボタンを押しても、ゲーム機の画面には何も映らず暗いままだ。

そこに、ホストファミリーの息子のミントが、ミサたちと同じゲーム機を持ってやってきた。リビングで一緒にやろうと思って、子ども部屋から、自分のゲーム機を取ってきたらしい。

「僕たちのゲーム機、スタートボタンを押しても、3台とも動かないんだ。壊《こわ》れているのかな」

ジュンが尋《たず》ねると、自分のゲーム機のスタートボタンを押しながら、ミントは答えた。

「押した後、待たないとダメだよ」

「待つって、どのくらい？」

「その時によるけど。1分だったり、5分だったり。とにかく我慢《がまん》して待つんだ。待てずにボタンをまた押しちゃうと、ゼロ秒からやり直しになっちゃうから」

しばらくすると、ミントのゲーム機はちゃんと起動して、ミントはゲームをプレイし始めた。なるほど、地球のゲームのように、ボタンを押したらすぐ起動するというわけにはいかないらしい。作りが古いせいかもしれないなとジュンは思った。

ミントの言う通り、ジュンとミサがじっと待っていると、さっきボタンを押したゲーム機が、やがて起動して遊べるようになった。しかし、タクはそうはいかなかった。

「まだかな？　遅すぎない？　やっぱりちゃんと押せていなかったのかも」

なんて言って、ボタンを何度も押し直してしまう。ゲームをやりたい気持ちが強すぎて、待ちきれないのだ。ボタンを押せば押すほど、プレイできなくなるというのに。

「タクってちょっとゲーム依存症《いぞんしょう》っぽいところがあるわよね。少しくらい我慢しなさいよ」

ミサに言われて、タクはムッとしたが、我慢できず何度もボタンを押しているのは事実なので、言い返せない。タクがついに起動するまで耐《た》えきってゲームを始められたのは、それから30分も経ってからだった。

「ふぅ、やっとゲームできる……」

ようやくゲームがプレイできて嬉しそうなタクをあわれんでか、ジュンが言う。

「それにしても、これほど起動するのに時間がかかるゲーム機というのも気になるな」

ジュンは、ドライバーがないかミントに聞いて、持ってきてもらった。それから、ゲーム機の裏側のねじを外し、カバーを開け始めた。ミサが口を出して注意する。

「ちょっと、ジュン。壊さないでよ」

「大丈夫だよ。機械には慣れてるから。……うん、なるほど、わかったぞ。相当古いタイプの半導体が使われているな。これじゃあ起動も遅いはずだ」

「半導体って何?」

横で見ていたタクがジュンに質問する。

「ゲーム機とかコンピューターを動かすのに欠かせない重要な部品さ。地球では、何十年もかけて半導体の性能を上げてきた。でも、この星にはまだそこまでの技術力がないんだ。さすがに半導体を作り替えることはできないけど……スタートボタンを押し直すと待ち時間がリセットされるのは、また別の原因だ。単に作り方がうまくないだけだから、僕でも解決できるぞ」

そう言うと、ジュンはゲーム機の中をいじり始めた。やがて20分足らずでカバーを元に戻し、自信ありげな表情を浮かべた。

「よし、これでいいはずだ。タク、試してみな」

「別に、もういいよ。ボタンを押して、ただ待つだけなんだから。大丈夫。僕、もう待てるよ」

「せっかく直したのに、僕の腕前《うでまえ》がわからないじゃないか」

ジュンはしつこく話しかけて、無理やりタクに試させた。ジュンの考え通り、ボタンを何度押しても、待ち時間はリセットされずに、ゲーム機は起動するようになっていた。

それから夜になって、父ノブたちとHファーザーが観光から帰ってきた。

タクたちがまだゲームを続けているのを見て、父が驚《おどろ》いた。

「今までずっとやっていたのか？　ミサも？」

「つい夢中《むちゅう》になっちゃって。シンプルなゲームだけに、クセになるっていうか……」

ミサが言い訳するように答えると、Hファーザーがまた自信のない顔になった。

「地球の皆さんから見れば、やっぱりこの星のゲームは単純すぎますよね……」

「え、いや、決して悪い意味ではなくて……」

言葉が誤解《ごかい》されて焦《あせ》るミサに、Hファーザーは首を横に振って微笑んだ。

「いえ、いいんですよ。まだまだなのはわかっています。実は、ここにあるゲーム機は、全部僕が作ったんです。一台ずつ手作りで。法律の関係で、他の星の技術や製品が、この星にはほとんど入ってきません。そんなこの星だけど、僕はゲームの楽しさを広めたいんです。もっとおもしろいゲームを作れるようがんばります。この星のゲームの歴史はこれからですから」

その日の深夜、地球一家もホストファミリーも、みんな眠りについた頃、ジュンだけが、なかなか寝《ね》つけずにいた。

昼間ゲームをやりすぎて、目がさえてしまったのだろうか。タクとミサは、平気でグーグーいびきをかいているが……。

目を閉じて、ぼーっとしながら、ジュンはHファーザーの言葉を思い出していた。ゲームのない星で、自分でイチからゲームを作っているなんて、すごいことだ。たしかにこの星の技術力はまだレベルが低い。そうだ、もっと進んだゲームと技術のある星から来た人間として、僕も力になってあげよう！

ジュンは起き上がると、こっそり部屋を抜《ぬ》け出《だ》した……。

次の日、朝一番にジュンはHファーザーに言った。

「スタートボタンを押し直すと、起動するまでの待ち時間がリセットされてしまうゲーム機の問題、解決しましたよ」

「え？　どういうことですか？」

Hファーザーが驚いて聞く。ジュンは得意げに説明した。

「昨日、寝つけなかったので、朝までゲームの改良作業をしてたんです。スタートボタンの直し方はすでに見つけていたので、お店にあるゲーム機を全部、なおしておきました」

ジュンは自信満々に胸《むね》を張《は》った。しかし、Hファーザーは、困《こま》ったような微笑みを浮かべた。

「そうですか……。いや、私のゲームを助けようとしてくれた気持ちは嬉しいです。ありがとう。でも実は、あれは、わざとそうしていたんですよ」

ジュンは目を丸くした。

「わざと？　どういうことですか？」

「説明が足りず、申し訳なかったです。あれはつまり、遊ぶ人がゲーム依存症になるのを防ぐための対策だったんです。起動するのを待ちきれずにスタートボタンを何度も押してしまうのは、もはやゲーム依存症の始まりです。しっかり我慢して、自分の気持ちをコントロールしたうえでゲームを楽しむ力が、ゲームに慣れていないこの星の人にも身に着くように、ああいう風にしていたんです」

そこに、他の地球一家のみんなも起きて、やってきた。

「おはようございます。おや、ジュン、今日は珍《めずら》しく早いな。何の話をしていたんだい？」

Hファーザーとジュンから話を聞くと、父は驚いて、Hファーザーに頭を下げた。

「それは、ご迷惑をおかけしました。うちのジュンが余計なことをしてしまって申し訳ありません。ジュン、お前、この星の技術が遅れていると決めつけて、思いあがっていたんじゃないか？　だから、自分でも直せるような欠点が、ゲーム機に残っているんだと考えたんだ」

ジュンは、自分が恥《は》ずかしくてたまらない様子で、肩《かた》を落としていた。

「そうかもしれない。今までゲームのなかった星で、もうゲーム依存症の対策まで考えているなんて。そういう意味では、僕らの星のほうが遅れているくらいだ。勝手なことをして、本当にすみません。帰るまでに、元に戻します……」

「そんなに謝らないでください。あなた方の星のような、すでにゲームが盛んな国では、ゲーム依存症になる人もいるという話を聞いて、こういう対策を思いついたんです。遅れているからこその強みというものもあるんですよ。手を加えたゲームのことは気にしないでください。何をどうしたか想像はつきます。一台一分もあれば元に戻せますから」

一台一分？　ジュンはまた目を丸くした。自分は一晩かけて、全部のゲーム機をなんとか改造することができた。とてもそんなスピードではできない。

信じられないといった表情のジュンを見て、父ノブは言った。

「遅れているとか最先端だとか、技術の良し悪しも、技術者の腕も、そんなことだけでは決まらない。今回はいい勉強になったな」

お急ぎの方、お先にどうぞ

今回の星のホストハウスへは、星間シャトルの空港から電車に乗らないといけなかった。ホストハウスの最寄《もよ》り駅《えき》に着いてみると、そこは大都会の大きな駅で、かなりの人混《ひとご》みだ。

「私、ちょっとトイレに行ってくる」

家族に言って、ミサがトイレに向かうと、リコもついてきた。ずっと我慢していたらしい。

しかし、トイレには、長い行列ができていた。しばらく並んでも、なかなか進まない。

「お姉ちゃん、ど……どうしよう。もうガマンできない……！」

リコはもう限界だ！　ミサは焦って、他にトイレはないか聞こうと、近くにいる男性に声をかけた。

すると、その男性は、ミサとリコの顔をまじまじと見て言った。

「ひょっとして、ミサさんとリコさんですか？」

いきなり名前を言われて、ミサは目を丸くする。男性は笑って、さらに言った。

「私、皆さんを受け入れるホストファミリーの者なんです。名前はテズモと言います。実は、この駅で駅員の仕事をしているんです。事前に皆さんの顔写真はいただいていたので、もしかしたらと思って……」

「ああ、そうなんですね！　よろしくお願いします！」

偶然の出会いに驚《おどろ》きつつ、ミサがお辞儀する。「ほら、リコもあいさつして」と言おうとして、ミサはハッとした。リコが脂汗《あぶらあせ》を浮かべて震《ふる》えている。そうだ、今リコは、そんな悠長《ゆうちょう》にあいさつなんかしている場合じゃないんだった！

「あの、他にトイレはありませんか？　妹がもうガマンの限界で……！」

「それは大変だ！　この駅のトイレはどこも混んでますが、大丈夫。お任せください！」

テズモはリコの様子を見てとると、トイレの行列に向かって大声で叫《さけ》んだ。

「皆さん、この子が、もうガマンの限界だそうでーす！」

ミサはギョッとした。そんな恥《は》ずかしいことを、大声で言うなんて。

しかし、次の瞬間、ミサはさらに驚いた。なんと前に並んでいる人たちが、突然全員振り向き、口をそろえて言ったのだ。

「お先にどうぞ！」

リコは、人々が開けた道を一直線に走って、トイレに飛び込んだ。そうして何とか、最悪の事態を回避《かいひ》したのだった。


「最初は、トイレをガマンしていることを、大声で人に言うなんてと思いましたけど……まさかみんなが順番を譲《ゆず》ってくれるなんて、ビックリしました」

その日の夕方、ホストハウスで、ミサはテズモに言った。

地球一家はリビングで、ホストファミリーと一緒にくつろいでいる。

テズモは一度、駅での仕事に戻ったが、仕事を終えて、もう家に帰ってきていた。

「いや、すみません。緊急事態《きんきゅうじたい》だと思ったので、つい直接的な言い方に……」

頭をかいて、テズモがミサとリコに謝る。

「この星の人間は、誰もがお人よしですから、困《こま》っていると言えば、みんな助けてくれるんですよ。急いでいる人がいれば、必ず順番を譲ってくれるんです。実は、この星の人々のそんな心理を利用して、去年、僕は職場である提案をして、給料が2倍になったんですよ……」

　そこでホストファーザーがテズモの話を止めた。

「おいおい、自慢話《じまんばなし》なんてみっともないぞ。それより、海へ行くための電車のこと、もうお伝えしたのか？　お前は明日も朝早くから仕事なんだから、今のうちにお伝えしておきなさい」

　海へ行くための電車――、地球一家は明日の午前中、海を見に行くつもりなのだ。白い砂浜が美しい、この星一番の観光名所なのだという。そこで、その海の最寄り駅まで電車で行く方法を教えてもらいたいと、頼んであったのだ。

「あ、そうだった。すみません。えーと、これが路線図で、最寄り駅へは……」

　テズモは、列車の路線図を指しながら説明した。

　一通り話が終わると、心配性なところのあるタクが言った。

「ねぇ、明日の特急の切符《きっぷ》、今日のうちに買っておいたら？　切符買うのにも並びそうな気がするし、明日の朝、バタバタするよりいいよ。僕が駅まで行って買ってくるからさ」

　地球一家の面々は、「それもそうだ」と思ったので、タクに頼むことにした。タクはさっそく駅へ向かった。夕飯の時間までに戻《もど》るためには、少し急がなければならない。

駅の切符売り場に着くと、ちょっとした行列ができていて、タクは驚いた。

行列ができていたことに驚いたわけではない。並んでいる人が、みんな同じシルクハットのような形の白い帽子《ぼうし》をかぶっていたのだ。

不思議に思いながら、タクが列の後ろに並ぼうとすると、駅員が声をかけてきた。

「お客様。乗車したい時刻をこの帽子に書いて、頭にかぶって並んでください」

前に並んでいる人たちがかぶっているのと同じ白い帽子と、サインペンを手渡される。

いったい何なのか、よくわからないまま、言われた通りタクは帽子に「明日午前10時」と書いて、頭にかぶった。

しばらくすると、タクの後ろに新しい人が並んだ。帽子には「18時」と書いてある。「あれ?」と思って時計を見ると、17時50分を指している。18時まであと10分しかない。このままでは、間に合わないかもしれない。タクは思い切って後ろの人に話しかけた。

「あの、すみません。今すぐ列車に乗ろうとしているんですか?」

「そうなんです。ちょっと急いでいるんです」

「じゃあ、よかったら、お先にどうぞ。僕は明日の切符を買うだけですから」

Ticke
18:00
18:05
18:07
18:00
18:20
18:45
19:00
19:30
17:00
明日
午前10時

「ああ、ご親切に、ありがとうございます」

タクは先を譲った。しばらくして、今度は帽子に「18時5分」と書いている人が並んだ。また急ぎの人だ。タクは声をかける。

「よかったら、お先にどうぞ」

後ろの人は、お礼を言ってタクの前に並んだ。

そのうちに、またギリギリの時間を書いた人がやってくる。そういう人が来るたびに、タクは仕方なく順番を譲った。そのせいで、いつまでたっても、前に進んでいくことができない。

タクは時計を見た。そろそろ夕飯の時間だ。もう家に戻らなければならなかった。

「それで、結局、切符を買えなかったの?」

みんなそろって夕食を食べながら、タクの話を聞いたミサが言った。

「後ろに急いでいる人がいると、どうしても順番を譲らなきゃいけない気持ちになっちゃって。電車に乗る時間が帽子に書かれてるから、急いでいるのがすぐわかるんだ」

タクの言葉を聞いて、テズモが嬉しそうに言った。

「実はその帽子、僕が考えたんですよ。さっき言いかけた『提案』が、まさにそれなんです。

この星の人たちはタクくんと同じで、みんな親切で、急いでいる人がいると譲らずにはいられない性格です。でも、誰が急いでいるのかわからなければ、譲ることができません。遠慮《えんりょ》して困っていることを言い出せない人もいますしね。あの駅の切符売り場はよく行列ができるので、並んでいて乗り遅れてしまう人もいました。それで、ちょうど1年前に、あの帽子を思いついたんです」

たしかに、帽子に時間が書いてあれば、何も言わなくても、急いでいる人が一目でわかる。「なるほど、いいアイデアだ」と地球一家は思ったが、タクは納得がいかない様子だった。

「アイデアはすばらしいんですけど、そもそも、急いでいる人が多すぎますよ。僕なんか、早いうちに切符を用意しておかないと心配になるのに……」

タクの言葉を聞いて、テズモは腕《うで》を組《く》んで考え込んだ。

「そうですか。たしかに僕も、最近ちょっと不思議に思っていたんです。昔は皆さん、もっと余裕をもって切符を買いに来ていたんですけど、近頃は、当日ギリギリに切符を買う人が増えているんです。そのせいで、ほとんど並んでなくても、電車に乗り遅れたり、急ぎの人ばかりで切符売り場が余計に混乱してしまうこともあったりして……」

「う～ん」と悩み始めたテズモの代わりに、ミサが口を開いた。

「まぁ、私たちはそんな風にならないように、明日は早めに駅に行って、切符を買いましょ。せっかく旅行に来たんだから、予定通り、特急に乗って海に行きたいわ」

「でも、早めに駅に行ったとしても、後ろに急いでいる人が並んだら、順番を譲らなきゃいけないから、結局ギリギリの時間になっちゃいそうだな」

ジュンが笑うと、ミサが肩をすくめた。

「タクはお人よしすぎるのよ。私が並んであげるわ。私は、そこまで気にしないから」

「そんなこと言って、あの白い帽子を見たら、落ち着いて並んでいられないと思うよ。お人よしかどうかとは違う気がする。プレッシャーを感じるんだよ。急いでいる人が後ろにいることを知りながら平気でいられる『無神経《むしんけい》な人』だと、周りから思われるのも嫌だし……」

「なるほど。この星の人たちも、実はみんな、タクと同じことを考えているかもな……」

ジュンがそう言った時、「あっ」とタクが何かひらめいたように声を上げた。

「そうか、だから、当日ギリギリに切符を買う人が増えたんだ」

「え？　どういうことです？」

テズモが、タクにたずねる。

「つまり、あの帽子のせいですよ。せっかく前もって切符を買おうとしても、急ぎの人が来ると順番を譲らなければいけない。そう思うと、誰も早めに買おうとは思いません。ギリギリに行けば、みんな順番を譲ってくれて、並ばずに買えるわけだから、みんなそうするようになっちゃいますすよ。わざわざ余裕をもって並んで、苦労しようとは思いません」

ジュンの話を聞いて、テズモは目からうろこが落ちたような顔をした。

「なるほど、それは気がつかなかった。それじゃ、あの帽子はないほうがよかったんだ。みんなが助け合って、もっと物事がスムーズになればと思って帽子を作ったけど。それが逆にみんなの動きを乱《みだ》していたなんて……。これ以上みんなが時間に余裕をもたないようになったら大変です。明日からさっそく、あの帽子を廃止《はいし》するよう、今から上司に電話で相談します」

テズモはあわてて部屋を出ていった。その背中を見送って、H《ホスト》ファーザーが言う。

「この星の人は、みんな人がいいのですが、一番のお人よしは息子なのかもしれません。テズモは、あの帽子を提案したことが評価されて、給料が2倍になったんです。でも、明日からきっと、また元に戻ってしまうでしょう。けれど、それがみんなのためになると思ったら、そうせずにはいられない性格なんです」

　翌朝、地球一家が駅の切符売り場に行くと、すでに行列ができていたが、もう誰も白い帽子はかぶっていなかった。列に並ぶと、前の人たちが、口々に話しているのが聞こえてきた。

「あの帽子、なくなってよかったね」

「ええ。またこれで、当日以外の切符も、後ろの列を気にせずに買えるようになったわ」

　ジュンがミサに耳打ちする。

「我が家で一番のお人よしは、やっぱりタクだね」

「そうね。せめて帽子をやめるのをもう1日待ってもらえば、私たち、並ばずにすんだのに」

　行列はなかなか進まない。特急に間に合うだろうか。父ノブが心配そうに時計を見る。

「ああ、地球の皆さん、まだ並んでいたんですか。お困りでしょう」

　声をかけられて振り向くと、テズモがいた。様子を見に来てくれたらしい。

「帽子はなくなりましたが、この国の親切心がなくなったわけではありません。どうしても困った時は、助けを求めていいんですよ」

　そして、テズモは並んでいる人たちに、大声で言った。

「皆さん、この人たち急いでまーす」

並んでいる人たちは全員振り向き、先を譲って、地球一家に微笑《ほほえ》んだ。

「お先にどうぞ!」

アイスクリームショック

「この星の一番の自慢《じまん》は何かって、それはここだよ」

地球一家に、エルドが言った。エルドは、この星でお世話になるホストファミリーの一人息子で、会社の社長をしているという29歳《さい》の働《はたら》き盛《ざか》りの青年だ。

「でも、ここって……」

周りを見渡しながら、ミサが言った。野菜や肉や魚、冷凍食品やお菓子、それからちょっとした日用品など、様々なものが棚《たな》に並んでいる。その棚の間を人々が、カゴの乗ったカートを押しながら歩いて、買い物している。つまり……。

「ただのスーパーマーケットですよね？」

エルドと一緒に、地球一家を案内してきたホストファーザー《H》が、首を横に振って微笑《ほほえ》んだ。

「この星の人間にとってはただのスーパーですが、よその星から来た人にとっては、驚《おどろ》くべきスーパーだと思いますよ。なんたってここは、品切れしないスーパーなんです」

「でも、棚に隙間《すきま》が空いているけど……」

ちょっと遠慮《えんりょ》がちに、タクが棚を指さす。「カスタードプリン」と書かれた値札《ねふだ》はあるが、そこに商品はなかった。品切れしてしまったようにしか見えない。

「それじゃあ、そこのボタンを押してごらん」

エルドが、値札の横にあるボタンを指さす。タクが押してみると、ボタンに「1」という数字が表示された。

「これは、1分後に商品がここに届くということさ。実はこの星のスーパーは地下のパイプでつながっていてね。ここにない商品も、近くのスーパーから探して、特急列車のようなスピードで運んでくるんだ。多分、隣町《となりまち》のスーパーに在庫が残っていて、そこからとってくるんだね」

エルドが誇らしげに説明しているのを聞いているうちに、棚の奥の壁《かべ》がパカリと開いて、プリンが飛び出してきた。

「こうやって、いつだって品切れせず、好きなものを手に入れられる。それがこの星の自慢なのさ。ところでみんな、おやつはいるかい？　ごちそうするよ」

エルドの言葉に、地球一家の子どもたちは喜んで、お菓子を選び始めた。

「私はイチゴのアイスがいいな……あれ、これも棚にないや」

そこでリコは、今さっき見たとおりに値札の横のボタンを押した。するとボタンに「60」と数字が浮かぶ。

「え？　これって60分……1時間ってこと!?」

「おかしいな、一番遠いスーパーから取り寄せる場合でも、30分で届くはずだが……」

首をかしげるH《ホスト》ファーザーに、エルドが答えた。

「父さん、実は今年に入ってから、パイプの改良をしたんだよ」

話を聞いていると、なんと、この星のパイプを管理しているのは、エルドが社長をしている会社なのだという。Hファーザーは前社長で、数年前にエルドが継《つ》いだらしい。「なるほど、自慢げに話すわけだ」と地球一家は思った。

「今まで、それぞれの地域のスーパー同士でしかつながっていなかったけど、少し前から星全体のすべてのパイプをつなげたんだ。だから、こんな風に時間はかかるけど、全国のスーパーから品物を取り寄せられるようになったんだよ。父さんの時代より便利に進歩したのさ」

エルドの言葉に、Hファーザーは少し渋《しぶ》い顔をした。

「う～ん……でも、さすがに１時間は待てないかな……」

リコが言うと、エルドが「なら、もう一度ボタンを押すんだ」と教えてくれた。それで取り寄せをキャンセルすることができるのだ。リコは代わりに、イチゴプリンを買ってもらった。

しかし、１時間待ってでも、イチゴアイスを買っておけばよかったと、その後、リコは後悔することになる——。

その日の夕方のことだ。母ユカが急に体調を崩《くず》して倒《たお》れた。

往診に来た医者は、難しい顔をして言った。

「これは……イチゴ熱ですね」

「イチゴ熱？　……聞いたことのない病気ですね。薬はあるのですか？」

高熱でうなされている妻を心配しながら、父が言う。すると、医者は首を横に振った。

「薬はないんです。イチゴ熱はこの星特有の病気で、まだ原因は解明されていないのです。ただ、熱を下げる効果をもつものはあります。それは、イチゴアイスなんです。なぜか、イチゴアイスだけが熱を下げる効果があるんです」

イチゴアイス？　医者の言葉に、地球一家は耳を疑《うたが》った。信じられないような話だったが、医者もホストファミリーも大真面目だ。どうやら冗談《じょうだん》ではないらしい。

「それなら、すぐに買いに行かなくちゃ！」

ミサはエルドと一緒に家を飛び出した。昼間来た時と同じように、スーパーにはイチゴアイスはなかった。たとえ一時間かかっても構わない。ミサはボタンを押した。

しかし、ボタンには「60」どころか、何の数字も表示されなかった。ただ「ピー」という音が響《ひび》くだけ……。

エルドが驚いて、何度もボタンを押すが、結果は変わらない。「ピー」と鳴るばかりだ。

「これってまさか、星のどこにも在庫が残ってないってこと……!?」

仕方なく家に戻ると、イチゴアイスが買えなかったことを、すでにみんなわかっていた。

「今、ちょうどニュースでやってたんだ」

ジュンに言われてテレビを見ると、アナウンサーがこんなことを言っている。

「……引き続きお伝えします。イチゴアイスが品切れ……星内からすべて売り切れるという前《ぜん》代未聞《だいみもん》の事態が発生しました。メーカーが在庫の適切な管理を怠《おこた》ったことが原因のようです」

こんなことがニュースになるなんて。何かが品切れするということが、本当に珍《めずら》しく、普通ではありえないことなのだろう。アナウンサーは続けて言った。

「品切れを早急に解決すべく、メーカーは急遽《きゅうきょ》、商品の生産を行うということです。電話で予約していただければ、最寄《もよ》りの店舗《てんぽ》を通して今晩にはお手元に届くはずです」

それを聞いて、みんなホッと安心した。

「すぐに予約しましょう」

エルドも微笑んで電話をかける。これでどうにかなる。みんなは「もうすぐだからね」と母を励《はげ》ました。しかし、電話を終えたエルドの顔からは、先ほどの微笑みは消えていた。

「ダメだ。予約が殺到《さっとう》していて、僕らが買えるのがいつになるかわからない！」

「どういうこと？　そんなにイチゴ熱にかかっている人がいるの？」

予想外のことに、わけがわからずミサが聞く。

「いや、イチゴ熱は珍しい病気です。おそらく、イチゴアイスが一時的に全部なくなったというニュースを聞いて、国民がみんな不安に陥《おちい》ったんだと思います。今すぐにイチゴ熱になる可能性は低くても、0ではない。それでみんな、万が一のために、買い求めているんですよ」

Ｈファーザーの話を聞いて、いらだちをこらえきれずジュンが言った。

「どうしてそんな……。ふだんから買い置きしていないんですか？　イチゴアイスなんて、冷凍庫に入れておけば、長く置いていたって腐《くさ》らないでしょう」

「……僕たちは、危機感がなさ過ぎたんだ。ボタンを押せば、どんな品物も必ず手に入るから、手に入らなかったときのために、買い置きしようなんて考える人はいなかった。でも逆に、一度、手に入らないかもしれないと気づくと、みんなパニックを起こしたように……」

うつむくエルドの肩《かた》を、Ｈファーザーが支える。

「地下パイプが地域ごとに分かれていたときは、どこかの地域で商品が足りなくなれば、それが在庫の少なくなったシグナルになっていた。しかし、全国が一つにつながったことで、星内の最後の１個がなくなるまで、ブレーキをかけたり、増産したりするタイミングをつかめなかったんだ。話を聞いた時、こういうことも起こるんじゃないかと、実は心配はしたんだが……」

「いつでも何でも手に入るようにしたせいで、逆《ぎゃく》に何かが手に入らなくなるなんて。とにかく便利になればなるほどいいと僕は思ってた。でも、必ずしもそうじゃなかったのか……」

力なくエルドはそう言った。しかし、今それを嘆《なげ》いてもしかたがない。早く母のイチゴ熱を何とかしなければ。みんなは相談し、近所の家を回って、イチゴアイスを持っている人がいたら譲《ゆず》ってもらおうということになった。

しかし、すぐにそんなことをする必要はなくなった。イチゴアイスが手に入ったわけではない。熱で苦しむ母を見かねて、何か冷たいものがほしいだろうと、リコが凍《こお》らせたイチゴプリンを食べさせたのだ。というのも、プリンを買った時、リコは買えなかったイチゴアイスの代わりにしようと、すぐ食べずに冷凍庫で凍らせていたのだった。

イチゴプリンを食べ終えると、なんと母の熱はすっかり下がってしまった。

まさかのなりゆきに、みんなあっけにとられた。

「凍ったイチゴプリンでも、アイスと同じ効果があるとは……。これは、医学的大発見かもしれません」

医者も驚きを隠《かく》せない様子で言う。

それを聞いたリコは、母の回復を喜ぶのもそこそこに、スーパーへ走り出した。

これがニュースになったら、イチゴプリンも売り切れるかもしれない。イチゴアイスは食べられなかったが、せめてイチゴプリンは食《た》べ逃《のが》したくなかったのだ。

坂道注意報

地球一家は、ホストハウスに向かって必死に歩いていた。

星間シャトルの空港を出て、まず驚《おどろ》いたのは、道がいきなり急な上り坂になっていたことだ。空港に着いたのは夕方で、そのままホストハウスに行くことになっていた。地図を見る限り一本道で、距離もそれほど離れていない。しかし、まさかこんなにも急な上り坂になっているとは……。


「私もうダメ。足が棒《ぼう》になりそう」

リコが弱音をはくと、気《き》を紛《まぎ》らわせるようにジュンが言った。

「あと少しだよ、がんばれ。そうだ、クイズでも出そう。地球上には、上り坂と下り坂のどちらが多いか、みんなわかるかい？」

少し考えてから、リコとタクが答えた。

「私は、上り坂のほうが多い気がする」

「じゃあ、僕は下り坂」

「2人とも、はずれ。答えはどちらも同じ。だって、坂のテッペンにいるかふもとにいるかで真逆《まぎゃく》に見えるけど、上り坂も下り坂も同じものだよ」

ひっかけ問題にだまされて悔《くや》しがるリコとタクを見ながら、母ユカが言った。

「今のはいい問題ね。坂を上るのはきついけど、明日帰る時は楽だということに気がついて、元気が出たわ。さぁ、あと一息よ」

地球一家は、ふぅふぅ言いながら足を動かして、ようやくホストハウスに着いた。

「お疲れ様でした。坂がきつかったでしょう？　今が一番、坂がきつい時間帯なんですよ。ちょうど夕方6時ですからね」

出迎《でむか》えたホストマザー《H》の言葉に、父ノブは驚いた。

「え？　どういうことです？　時間帯によって、坂の傾《かたむ》きが変わるんですか？」

「ええ、この星は地盤《じばん》の構造が特別らしくて、坂が動くんですよ。たいてい午前6時と午後6時が一番急な坂になって、正午と真夜中には平らな道になるんです。もっとも、天気みたいなもので、日によって時間は多少変わりますけど」

まさか坂が動くなんて、と思ったが、実際に時間が経つと、地面の傾きが変わっているのがわかった。家も地面の上に建っているので、少なからず影響《えいきょう》を受けて傾くのだ。

そのせいで、夕食の時、テーブルがちょっと斜《なな》めになっていた。料理の皿が滑《すべ》り落《お》ちはしないかと、地球一家は少しハラハラした。

その傾きにも慣れて、ホストファミリーと食事を楽しんでいると、やがてHマザー《ホスト》が言った。

「皆さん、明日のご予定はお決まりですか？　ここの海は観光名所なんです。もしよろしければ皆さんを案内しますので、ぜひ見ていってください。私は朝から漁港で働いていますので、案内するのはそれに合わせて、早い時間になってしまうのですが、朝の海が一番きれいなんです。黒砂《くろずな》の砂浜が名物なんです」

「砂が黒いんですか？　普通は、きれいな海といえば白い砂浜ですけど」

ミサが言うと、Hマザーはウインクして微笑《ほほえ》んだ。

「こちらでは、他と違って砂浜は黒です。だからこそ、観光名所になるんですよ」

そんな珍《めずら》しい砂浜なら、ぜひ見たい。地球一家は、海へ連れて行ってもらうことにした。

そして翌朝《よくあさ》早く、地球一家はHマザーと一緒に家を出た。

「さぁ、行きましょう。ちょっと歩きますけど、それだけの価値のある海ですよ」

時間は朝6時。少し眠いが、朝早くの空気は、とてもすがすがしい。さわやかな気分で歩き出そうとして、地球一家は、ふとおかしなことに気づいた。あれ？　昨日来た時、ホストハウスは上り坂をのぼったところにあった。ということは、ホストハウスの側から見ると、道は下り坂になっていないと変だ。でも、今、目の前にある道は、昨日と同じくらい急な上り坂だ。

「どういうこと？　昨日きた時と坂の傾きがひっくり返っちゃったみたい！」

ミサが声を上げると、Hマザーが微笑んで、少し自慢《じまん》げに言った。

「気がつきました？　昨日、『時間帯によって坂の傾きが変わる』って言いましたけど、もっと詳しく説明すると、この星では、午前と午後で坂の傾きが変わって、上りと下りが逆になるんです。午前が西高東低《せいこうとうてい》ならば、午後は東高西低《とうこうせいてい》という具合にね」

坂の傾きが変わると言っても、まさかそこまで変わるとは。しかも、たしか昨日、夕方と朝の6時は、坂が一番急になる時間帯だと言っていた……。つまり、昨日と同じ急な上り坂をまた上らなければならないということだ。地球一家は歩く前からゲッソリした。

しかし、ふだんから坂道に慣れているHマザーは、楽しそうにおしゃべりを続けながら、さっさと歩いていく。

「午前と午後で、上り坂と下り坂が入れ替わると言いましたが、実は異常気象と同じで、たまに異常坂道現象というのもあるんです。１日の途中で、何度も上りが下りに変わったりする日もありますよ。テレビでは、天気予報と一緒に坂道予報をやっているんです。今日は穏《おだ》やかな１日だと言ってました。私も坂道予報士の資格を持っていますから、今日は大丈夫《だいじょうぶ》だと思います」

大丈夫というか、下りに変わってくれたほうがありがたいのだけど……。心の中でつぶやきながら、地球一家は坂を上った。

昨日の疲れもとれないうちに、またこんなきつく長い坂を上っているせいで、やがてみんなへとへとになってしまった。平気な顔で坂を上り続けていたＨマザーは、足を止めて振り返り、つらそうにしている父ノブに尋ねた。

「大丈夫ですか？」

父はフーフー息を吐《は》きながら答えた。

「すみません、我々は坂道にはあまり慣れていないもので……」

「ああ、ごめんなさい。この星の人の足と同じに考えてしまっていました。でも、困《こま》りました。この調子では、漁港の仕事に間に合いません。申し訳ないんですけど、私だけ先に行ってもいいかしら」

「どうぞ、どうぞ。我々はゆっくり行きますから」

Hマザーの歩みに必死でついていかなくてもいいと思うと、むしろ父はホッとした。

「ここから先はずっと一本道の上り坂で、途中に一度突き当たりに出ますが、その先も上り坂のほうへ進んでもらえば、上りきった所が海ですので、迷うことはありません」

Hマザーは、持っていたバッグの中に手を入れた。

「でも、念のため、携帯用《けいたいよう》の通信機を渡しておきます。もし何かあったら、このボタンを押せば漁港につながって、私と連絡がとれますから」

Hマザーは、バッグから通信機を取り出して見せた。手のひらサイズの丸い機械で、まるで野球ボールのようだ。

「じゃあ、すみませんが、お先に」

通信機を父ノブに渡すと、Ｈマザーは素早《すばや》い足取りで歩き出した。さっきまでは地球一家に気を使っていたらしい。急な坂をものともせず、Ｈマザーの姿はすぐに見えなくなってしまった。地球一家はしばらく呆然《ぼうぜん》としていたが、やがて父が苦笑いを浮かべて言った。

「僕たちは、無理せずゆっくり行くとしよう。ただ、あまりゆっくりすると、帰るのが午後になって、帰りもまた上り坂をのぼるはめになるかもしれないけどね」

実際のところ、道《みち》の端《はし》に座《すわ》って、少し休んでいきたいくらいだったが、しゃがんだら転がってしまいそうなほどの急坂だ。地球一家はヒーヒー言いながら、また坂を上り始めた。

だいぶ坂を進んだ頃、突然、地面がぐらりと揺《ゆ》れた。疲れた足がフラフラして、あと少しで地球一家は転んでしまいそうになった。こんなきつい坂道で転んだら、一番下まで転がっていくことになるかもしれない。地球一家はゾッとしながら、互いにしがみついて何とか耐《た》えた。

「今の、地震かしら？　何だか変な感じだったけど……」

不安げにミサが言う。しかし、しばらくじっとしていても、もう揺れないようだったので、地球一家は先に進むことにした。

やがて前方に突き当たりが見えた。左右に道があり、左の道が上り坂になっている。Ｈマザーは、上り坂のほうへ進めばいいと言っていたから、左に行けばいいのだろう。ここを上りきれば、海に着くはずだ。あと一息だと、地球一家は自分自身を励《はげ》ました。それにしても、坂を上ったところに海があるなんて、地球の常識からはまったく考えられない。

しかし、いくら息を切らして上り続けても、いつまでも海は見えてこなかった。

「ねぇ、もしかして、さっきの地震、坂の傾きが変わった揺れだったんじゃないかしら？」

やがて母が心配そうに言った。

「うーん、上りと下りが変わっていて、僕たち逆《ぎゃく》に進んでしまったのかも。いつもと違う時間に坂が逆になることもあるって、言っていたよね」

ジュンが言うと、父もうなずいた。

「念のため、電話してみるか。タク、お父さんのリュックを開けて、さっきの通信機をとってくれないか」

「わかった」

タクは、父の背中からボール型の通信機を取り出した。ミサがからかう。

「タク、坂道なんだから、そんな丸い物、落とさないようにくれぐれも気をつけてね」

「ミサ、縁起でもないことを言うなよ。そういうことを言うと、本当に……」

ジュンが注意した時、「あっ！」と地球一家はみんな声を上げた。タクの手から、まさに通信機が滑り落ちて、急な坂道をすごいスピードでコロコロと転がり始めたのだ。

タクが追いかけようとするが、とても追いつけない。

「あぁっ！　ご、ごめん！　どうしよう？」

タクが情《なさ》けない顔をする。父は無理に微笑んで、「気にするな」とタクの背中を軽く叩《たた》いた。

「借り物の通信機だから、なくしたというわけにはいかない。下まで探しに行こう」

父の言葉に、地球一家はがっくりと肩を落とした。

どこかに引っかかってくれていればいいのだが、まん丸なだけに、そう簡単には止まらない。

「そもそもどうしてこんな坂の多い国で、物をあんな転がりやすい形にするのかしら！　もっと四角く、角ばった形にすれば転がりにくいのに！」

ミサがプリプリと腹を立てる。やがて、下り坂と上り坂の境目、坂道の谷間に通信機があるのが見えた。「やった！」と地球一家が駆《か》け出《だ》して通信機に近づいた時、また地面が揺れた。

今度は、はっきりと坂が動くのがわかった。通信機のある坂の谷間が、ぐいっと持ち上がり、

地球一家の歩いてきた下り坂が、上り坂に早変わりする。

「キャーッ！　何これ、信じられない！」

ミサが悲鳴を上げる。

「これが異常坂道現象か!?　今日は穏やかだと言っていたのに！」

ジュンも叫ぶ。その間に、通信機がまた転がり始め、地球一家の足の隙間《すきま》を抜けて、コロコロとまた坂の下へと行ってしまった。

地球一家は慌てて通信機の後を追いかけた。しかし、通信機を見つけて拾おうとすると、また地面が揺れて坂が逆になる。地球一家がよろけている間に、通信機はまた転がっていく。

地球一家は何度も坂を行ったり来たりするはめになった。異常坂道現象はどんどん激しくなり、もう坂を上っているのか下っているのかさえわからない。地球一家は今にもへたり込んでしまいそうなほど、フラフラになってしまった。

ようやく、また転がる通信機に追いついて、ミサは手を伸ばした。もうこれ以上歩けない。今度こそしっかり持っておかないと……。ミサの手が通信機をつかむ――その時、また地面が揺れた。通信機は急に動き出して、ミサの手をすり抜けていく。

勢いよく遠ざかっていく通信機を見ながら、地球一家は絶望して膝《ひざ》をついた。ああ、もうダメだ……。しかし、転がる通信機を誰かが受け止めたのだ。それは、坂の下から上ってきたHマザーだった。

「皆さん、大丈夫ですか？　予報がまるで外れて、坂道が大荒れになってしまったので、困っているんじゃないかと探しに来たんです。何があったんです？　そんなヘトヘトになって……」

そばまで来たHマザーに、母ユカが息も絶《た》え絶《だ》えに言った。

「その通信機を落として、ずっと追いかけていたんですよ」

「え？　通信機を追いかけたんですか？　何でそんなことを？」

首をひねるHマザーに、ミサが腹を立てて声を上げた。

「何でって、その通信機が、そんな丸くて転がりやすい形をしているからじゃないですか！」

すると、Hマザーは、当たり前のように言った。

「ええ、だから、追いかける必要なんてないんですよ。だって、待っていれば、坂道が逆になって、どうせまた自分のところに転がって戻ってくるじゃないですか。坂道が大荒れの時に物を落としたら、丸くなくてもどうせ転げ落ちます。転がりにくい形の物が、無理に転がると、地面とぶつかって壊《こわ》れやすいですし、どこに転がっていくかわかりません。でも丸型なら、スムーズに転がるので壊れませんし、坂の動きに合わせてまっすぐ戻《もど》ってきます。異常坂道現象の中でも落としても平気なように、この通信機はあえて丸く作られているんですよ」

それを聞いて、地球一家は全身の力が抜けていくのを感じた。まさか、あんなにがんばって通信機を追いかけていたのが、まったく無駄な努力だったとは……。

「通信機が丸い理由なんて、僕たちは思いつきもしなかった。地球の常識にとらわれて、まさに四角四面《しかくしめん》に考えてしまっていたんだな……」

父ノブが、疲れ切った声でそうぼやいた。

双子《ふたご》の入学試験

「えっ!? ベルザさん、外出中なんですか?」

リコがひどくがっかりしたように言った。

「こら、リコ」と、父ノブがたしなめる。しかし、ホスト《H》マザーは笑って答えた。

「いいんですよ。でも、本当にごめんなさいね。皆さんが来ることは伝えてあったのに、どうしても行きたいライブがあるって言って出かけてしまったの。謝るのは、ベルザのほうなんです。それに、この星では珍《めずら》しくもありませんが、そちらでは双子は少ないんでしょう? 2人がそろっているのを見たいわよね」

今回訪《おとず》れる星のことは、地球一家も前から知っていた。バラエティー番組でもよく特集されることがあったからだ。

というのも、この星は、生まれる子どもが、みんな一《いち》卵《らん》性《せい》の双子なのだ。

双子ばかりの星。空港をおりて見渡せば、同じ顔の人が、何組も歩いている。

——そう思っていたのに、空港からホストハウスに来るまでの間、地球一家は双子らしき人を、一組も目にしなかった。

ホストファミリーの中学生の娘も双子だと聞いて、期待したのだが、家にいたのは、双子の姉のクルバだけ。妹のベルザはおらず、結局、2人そろった双子を見られなかったのだ。

「双子と言っても、いつも2人一緒にいるわけじゃないです。一人ひとり、別々に行動していることのほうが多いですよ」

クルバの言葉を聞いて、「言われてみれば、それはそうだ」と地球一家は思った。

「夜にはベルザも帰ってきます。まぁ、実際に見ても、ご期待にそえるかわかりませんが……」

遠慮がちに、ホスト《H》ファーザーはそんな風に言う。しかし、リビングに飾られた、家族写真を見ると、そこに並んだクルバとベルザは、見分けのつかないほどそっくりだ。

「ごめんなさい、わたしそろそろ……」

ふと、クルバが言った。H《ホスト》マザーがうなずく。

「ああ、そうね。……ごめんなさい、娘は明日、学力試験があるものですから、その準備をしないといけなくて。この試験の結果で、進学する高校が決まるんですよ」

「そうなんですか？　すみません。そんな大事な日に泊《と》まりにきてしまって……」

そのことを初めて知った母ユカは、申し訳なさそうに言った。

「大丈夫ですよ。むしろ試験前の緊張がほぐれました」

クルバは微笑《ほほえ》んだ。でも、その顔はやはり少し疲れているようだった。きっと、頑張って試験勉強をしているのだろう。

クルバが部屋を出て行ったあとで、ミサが聞いた。

「クルバさんが明日試験なら、双子のベルザさんも試験じゃないんですか？」

Hファーザーは首を振った。

「いや、試験を受けるのはクルバだけです。双子のうち、お姉さんやお兄さんだけが試験を受けます。今年から、妹や弟は受けなくてよくなったんですよ。ベルザは、クルバの試験の結果と同じ成績ということになるんです」

「え？　それで、いいんですか？　だって、実際に試験を受けたら、いくら双子でも、点数は違ってくるでしょう？」

「それなんですが、双子は、あまり点数が変わらないということがわかったんです。この星は双子しかいませんから、双子についての長年のデータがあります。それを調べてみた結果、この星の双子は学力テストで、いつでも必ず、ほとんど同じ点数をとっていたんです」

「双子は性格や才能も似ているから、成績も結局同じになるってことかな」

タクのつぶやきに、Hファーザーはうなずいた。

「そういうわけで、成績が同じなら、わざわざ双子を二人とも試験するのは、経費の無駄《むだ》だということになりましてね。試験を受ける人数が双子の片方だけ——今までの半分ということになれば、準備する側《がわ》も簡単です」

Hファーザーはお茶を一口飲んで、それからさらに続けた。

「学力試験だけではありません。例えば、双子は見た目が同じですから、身長も体重も当然、同じになる。だから、今年からは身体測定も双子のお姉さんやお兄さんだけが受ければいいことになりました。まぁ、学力試験も身体測定も、まだ一部の地域でそういうことにして、試しているだけですけどね。うまくいけば、来年からは全国的にそうするようです」

「うまくいけば？」

言い方が何となく気になって、ジュンが聞くと、Hファーザーは肩をすくめた。

「双子の学力や健康状態が変わらないというのは、あくまで去年までのデータですから」

そこで、Hマザーが立ち上がって、部屋を出て行った。みんなのお茶がなくなったので、おかわりを淹れに行ったのだ。しかし、すぐにHマザーの悲鳴が聞こえた。

「キャー！　クルバ！　どうしたの!?」

何事かと思って、Hファーザーと地球一家も部屋を飛び出した。

廊下でぐったりと倒れたクルバを、Hマザーが抱きかかえている。

「すごい熱！　きっと試験勉強で無理をしすぎたんだわ」


医者を呼んで診《み》てもらったところ、熱は高いが、クルバはただの風邪《かぜ》だということだった。

ゆっくり休めばよくなるだろう。それを聞いて、みんな一安心した。

しかし、明日の学力試験を受けるのは、とても無理な状態だ。

「試験を受けられない場合は、どうなるんですか？」

ジュンが聞くと、Hファーザーはため息をついて言った。

「もちろん、試験を受けなければ点数はない。0点と同じ扱いです。ただ、確認したところ、双子の兄や姉が急病の場合は、妹や弟が代わりに受けてもいいそうです。先ほど、ベルザにも電話をして、呼《よ》び戻《もど》しました」

「それは不幸中の幸いでしたね。ここまで必死にがんばったクルバさんが自分で受けられないのはかわいそうですが、0点よりはマシだ。双子のベルザさんも、クルバさんと同じくらい、成績はいいんでしょう？　準備不足でも、そんなにひどいことにはなりませんよ」

父ノブが言う。しかし、Hファーザーは、どこか浮かない顔をしている。

その時、玄関から声がした。ベルザが帰ってきたのだ。

「ただいま！　お姉ちゃんは大丈夫《だいじょうぶ》？」

部屋に飛び込んできたベルザを見て、地球一家は頭が混乱した。たしかに、クルバの双子の妹だと言われれば、似ている気もする。ただベルザは、何と言うか、クルバをかなりふくよかにしたような容姿をしていた。飾《かざ》ってある写真と比《くら》べて、言葉を選ばずに言うならば——明らかに太っている。

地球一家が、思わずHファーザーを見ると、Hファーザーは咳払《せきばら》いして答えた。

「あの写真は、1年前の写真なので……」

それからHファーザーが、ジュンのほうを向いて、助けを求めるように言った。

「すみません、ジュンくん。ベルザは今回の学力試験のための準備をしていません。キミは学校でも成績が優秀だと聞いています。少し勉強を見てやってくれませんか？」

「はぁ、かまいませんが……」

状況が飲み込めないまま、ジュンは答えた。

ジュンは試験範囲を調べてから、ベルザの部屋に行った。

「まさか、お姉ちゃんが病気で試験を受けられなくなるなんて……」

「大丈夫。まずは物理からやろう。試験範囲を見ると、難しい応用問題も出るみたいだね。この問題をとれるかで差がつくよ。でも、安心して。物理学は僕の得意科目なんだ」

不安げなベルザを励《はげ》ましながら、ジュンはクルバから借りた問題集を開く。

「まずは力学的エネルギーで動摩擦力《どうまさつりょく》が発生する場合の問題だけど……」

「動摩擦力って何ですか？　そもそも、力学的エネルギーって？」

「えっ、力学的エネルギーは学校で習ってるはずじゃ……」

「そう……なの？　すみません。双子の妹は試験を受けなくていいと発表されたのは1年前なんです。それから1年間、勉強する張《は》り合《あ》いみたいなものがなくなっちゃって……」

ジュンは、顔をこわばらせ絶句した。

「あ、ちょっと待ってください」

ベルザが部屋を出ていく。やがてケーキを2つお皿に乗せて戻ってきた。

「最近私は、やる気を出すために、甘いものが欠かせないんですよ。1年前から身体測定もしなくなったから、甘いものをどんなに食べても、全然気にならなくなっちゃって」

1つはジュンの分かと思ったが、ベルザは1人でケーキを2つとも食べてしまった。

くじけそうになる気持ちを振《ふ》り払《はら》い、ジュンはそれから必死でベルザに知識を詰《つ》め込《こ》んだ。

ベルザの学力は、正直に言ってひどいものだったが、ジュンは夜通しつきっきりで、試験に必要なポイントを教え込んだのだった。

次の日の朝、ジュンは力尽《ちからつ》きていた。

「大丈夫？　ベルザさん、試験、うまくいきそう？」

ミサがジュンにたずねる。

「やれることはやった。けど、1年分を一晩では……。試験は正直、厳《きび》しいだろうな……」

学力試験は午前中で終わるが、結果が出るのは何日も先だ。

もう今日、違う国へ旅立つ地球一家には、結果を見ていくことはできない——そう思っていたが、地球一家が空港へ出発しようという頃、テレビでこんなニュースが流れてきた。

「今年から、国内統一学力試験について、双子の妹や弟は試験を受けなくていいという制度が、一部地域で試験的に導入《どうにゅう》されていました。しかし、来年以降の全国的な導入は中止することが発表されました。教育庁によれば、何らかの理由で兄や姉に代わって試験を受けた、妹や弟の受験生たちの点数が非常に低く、全体の平均点も歴代最低を記録したのが理由とのことです」

試験のあとすぐこんなニュースが報《ほう》じられるとは、よほど悲惨《ひさん》な結果だったのだろう。

「今回の結果を受け、来年からは、双子の兄弟姉妹、どちらが試験を受けるかを、試験当日に決定することで、全員に目標を見失わせないようにする予定で……」

ニュースを聞きながら、ジュンはつぶやいた。

「人間の意思って弱いもんだな。動機や目的がないと、よっぽど好きなことじゃない限り、続かないんだろうな。試験があるかないかで、双子でもこんなに差が出るなんて……」

「試験も身体測定も、ただその時の力を確かめるってだけじゃないのよ。試験や検査があるというだけで、みんな悪い結果が出ないようにがんばる。試験や検査があること自体が、試験や検査の結果をよくしているのよ。なんだか変な話だけど」

ミサが言う。すると、熱が下がって、起き上がれるようになったクルバは言った。

「私、ベルザのことをズルいと思っていたけど、責《せ》めたりしないようにします。もし私が逆の立場だったら、やっぱり同じようになっていたかもしれません。だって、私たち双子だから、そういうところも似ているはずなんです」

「空港から来るとき、双子を見ないと思ったのは、試験や検査がなくなったせいだったのかも。もしかしたら、他人に見えていた人たちも、もとはそっくりな双子だったのかもね」

リコがつぶやく。

「試験や検査がないからと言って好き勝手にさせた私たちも悪かったのです。しかし、今回のことでこの国も学びました。次、またいらっしゃるときには、どちらもちゃんとがんばっている、そっくりな双子を見て、もっと驚《おどろ》いてもらえるようにしますよ」

Hファーザーは、そう言って空港に向かう地球一家を見送った。

やりたくないんです

地球一家が、新しい星に着いて空港を出ると、すぐ近くにギフトショップを見つけた。せっかくだから、先にお土産を見ていこうという話になって、地球一家はその店に寄っていくことにした。しかし、近づいてみると、店内の照明がついていない。閉店してしまったのだろうか？　地球一家がショーウィンドウのガラス越しに店内をのぞいていると、１人の女性が店の奥から出てきて言った。

「ごめんなさい。今日はお休みなんです。今日はお店をオープンしたくないんです」

そう答えると、女性は扉を閉めて店の奥に戻《もど》ってしまった。

やりたくないから店を休む……そういうこともあるかもしれない。でも、それを面と向かって、隠《かく》すことなく当たり前のように言われると、ちょっと驚《おどろ》いてしまう。

とにかく、開いていないというなら、どうしようもない。地球一家はお土産をあきらめて、ホストハウスに向かうことにした。

ホストハウスまで、歩くには少し遠い。ちょうどタクシーが１台止まっていたので、地球一家は運転手に声をかけた。

「すみません、この住所の家まで乗せていただきたいんですが……」

一息ついていたのか、タクシーを降りて立っていた運転手は、父ノブのほうを見て言った。

「申し訳ない。今日はもう運転したくないから」

「え？　どうして？　私たちはタクシーに乗りたいんですが……」

「こっちは、どうしても乗せたくないんだ」

ぶっきらぼうな返事。これではどう頼んでも無駄《むだ》だろう。しかし、他にタクシーは見当たらない。地球一家はホストハウスまで、歩いていくしかなかった。

「今回のホストファミリーは、レストランを経営しているらしい。迷惑じゃなければ、お店で食べさせてもらおうか。きっとおいしい食事をいただけるよ。楽しみだなぁ」

どうもおかしな目にあって、変になった空気を変えようと、父は明るく言った。

しかし、ホストハウスにたどり着くと、１階のレストランのシャッターが閉まっていた。今日は営業していないらしい。

店の裏側にある玄関から訪ねると、ホスト《H》マザーとホスト《H》ファーザーが出迎えてくれた。

「レストランをやっていると聞いていたのですが、今日はお店を閉めているんですね。もしかして、私たちが泊《と》まりに来たことで、わざわざお休みにさせてしまったんでしょうか？」

母ユカが聞くと、H《ホスト》マザーは首を振った。

「いいえ、そういうわけではないんです。今日は料理をしたくないだけです」

地球一家は、耳を疑った。すると、Hファーザーも続けて言った。

「今日は、レストランの食事を作りたくないんです」

地球一家はあっけにとられてしまったが、Hファーザーたちはそれに気づかない様子で、地球一家をリビングに案内した。そこには、ホストファミリーの子どもたちが待っていた。

娘のエムラと、息子のアモロの2人だ。エムラは会社員で、アモロは中学生だという。

「お2人とも、今日は仕事や学校はお休みなんですか？」

母ユカが尋《たず》ねると、エムラとアモロは答えた。

「いや違いますよ。この星では、たいていの会社や学校は、土曜日と日曜日が休みです。今日はまだ金曜日なので、休みではありません。でも、会社に行くのは止めました。今日は行きたくないからです」

「僕も学校は休みました。行きたくないから」

もはや地球一家は、言葉も出なかった。

ホストファミリーのいない客間に行ってから、地球一家は口々に話した。

「一家そろって『やりたくないんです』なんて、何だか無気力な家族だね」

ジュンのぼやきに、リコが口を出す。

「この家族だけじゃないよ。ギフトショップの人とかタクシーの運転手さんもそうだった」

「この星はきっと、誰もがやる気のない星なんだわ」

母の言葉を聞いて、タクが尋ねる。

「僕たちは、いったいどうすればいいのかな？」

「この星の人たちが気力を出せるよう、何か協力してあげたらいいかしら？」

ミサがそう言うと、父ノブは首を横に振った。

「いや、それは違うと思うよ。今回の我々の旅行の約束事は、あくまでも『郷《ごう》に入《い》っては郷《ごう》に従《したが》え』だ。どうせ観光に出ても、どこもこんな調子で『やりたくない』と言う人ばかりだろう。それなら我々も、あえて出かけず、この星の人たちと同じようにぐうたら過ごそうじゃないか」

その時、Hファーザーが客間のドアを開け、地球一家に声をかけた。

「まだ時間も早いし、外は明るいですよ。どこかにお出かけなさいますか?」

「いいえ、どこにも出かけたくないんです」

父が試しにそう言うと、Hファーザーは「そうですか」とだけ答えて、ドアを閉じた。

「ほら、やはりこの星では、無気力に動かず過ごすのが当たり前で自然なことなんだ」

たしかに、わざわざ出かけたのに、どの店も開いていなくて無駄足《むだあし》になるのはつまらない。

無気力でいるのがこの星の文化なら、どっぷりつかってみるのも、一つの経験にはなるだろう。

そう思い、地球一家は父の提案通り、この星では無気力にダラダラと過ごしてみることにした。

翌日になっても、観光に行く素振《そぶ》りも見せない地球一家に、今度はHマザーが尋ねた。

「今日も、どこにもお出かけはしないんですか?」

「はい、次の星へ向けて出発する時間まで、全員この部屋でぼーっと過ごします」

父ノブが答えると、Hマザーはうなずいた。

「そうですか。わかりました。10時に空港行きのタクシーを呼んでありますから、それ以降の時間に予定を入れないでくださいね」

いくら無気力でも、呼べばさすがにタクシーは来るのだなと思いながら、父は微笑《ほほえ》んだ。

「大丈夫ですよ。どこへも行く気はありませんから」

思い返してみれば、旅行で忙しくあちこち動く日が続いて、疲れもたまっていた。ダラダラ過ごすのは、地球一家にとって悪くない休みになった。ただ1人、ミサを除《のぞ》いて。

「ダメだわ……いくらこの星の文化とはいえ、退屈すぎる」

ミサが言うと、ジュンが笑った。

「ミサは、じっとしていられない性格だからな」

「私、ちょっと散歩に行ってくるわ」

ミサは1人でホストハウスの外に出た。今日はもう休日のはずなのに、外に人気はない。みんな無気力に、家の中でダラダラしているのだろう。

しかし、ふとミサは、近くの家の庭に女性がいるのを見つけた。

「おはようございます！　私、地球からの旅行者で、そこの家にホームステイしていて……」

ミサがここぞとばかりに元気に挨拶《あいさつ》すると、少しとまどった様子で女性は言った。

「あ、地球の方ね。話は聞いていますよ」

「お庭で、何をしてるんですか？」

「え？　いえ、何もしていないわ。何もせず、庭を見て、ぼーっとしていたところ」

それだけ言うと、女性は家の中に入っていってしまった。ミサは暇《ひま》つぶしにもう少し話したかったのだが……。ミサは散歩を続けたが、あとはもう誰にも出会わなかった。

ミサがホストハウスに戻ると、ＨマザーとＨファーザーがちょうどダイニングから出てきたところだった。

「2人で何かしてたんですか？」

そうミサが尋ねると、Ｈマザーたちは首を横に振った。

「いいえ、私たち、何もしていないわ」

「そう、2人で、何もしていなかったんだよ」

ミサは客間に戻り、地球一家の家族に言った。

「なんだか、この星の人のことが心配になってきた。近所の人もＨマザーたちも、何もしていないって言うのよ。せっかくの休みの日なのに。趣味の一つもないのかしら」

「それがこの星の文化なのよ。でも、アモロ君のことだけは、私も少し心配ね。『学校に行きたくない』っていうのに、ご家族は心配している様子はないし……。ちょっと気になるわ」

妻が言うと、父ノブがうなずいた。

「やる気がないだけじゃなく、もし悩《なや》みがあるなら、何か助けになれるかもしれない。どうして学校に行きたくないのか、ちょっと話を聞いてみようか」

何だかんだ、父たちも退屈していたのだろう。地球一家がリビングに行くと、ちょうどアモロがいた。母ユカは、思いきって尋ねてみた。

「アモロ君は、どうして学校に行きたくないの？」

「ああ、そのことなんですけど、週明けからは『学校に行きたくない』ではなくて『学校に行けない』に変わりました」

——え？　それって、どういうこと？

地球一家は、アモロの言っている意味がわからなかった。すると、アモロは説明するように言った。

「実は学校で風邪《かぜ》が流行《はや》っていて、僕もかかっていたんです。昨日は、もう完全に治っていたんですが、大事をとって休みました。週明けからは学校に行くつもりだったんですけど、今ちょうど連絡があって、風邪をひいた人が多いので、学級閉鎖《がっきゅうへいさ》になってしまって……」

「ええと、つまり、病み上がりで一日余計に休んだことを、『行きたくないから休んだ』と言ってたってことかい？　それが、学級閉鎖になったから今度からは『行けない』と……」

話を整理するようにジュンが言うと、アモロはうなずいた。

「地球では、そういう言い方をしないんですか。この国では、これが普通の言い方です。『行かない』を場合でわけると、『行きたくない』か『行けない』の二つがありますよね？　学級閉鎖のように、選択の余地がない時は『行けない』ですが、昨日は風邪自体は治っていて、行こうと思えば行けたのを、自分で選んで休んだわけですから、それは学校には『行きたくない』から行かなかった、ということになるでしょう？」

地球一家は、ようやく気づいた。この国では「～したくない」という言葉の意味合いと使い方が、地球とは少し違うのだ。だとすると、他の人たちも……。

ちょうどそこに、他のホストファミリーたちもやってきたので、地球一家は、昨日のことを詳《くわ》しく尋ねてみた。

「私が会社に行かなかったのは、交通機関のトラブルがあったからです。行こうと思えば、遠回りして半日くらいかければ行ける状況だったんですが、それなら家でできる仕事をしたほうがいいなと思って。出社しない判断をしたのは私ですから『行きたくない』と言ったんです」

エムラがそう説明すると、次にHファーザーが言った。

「昨日、レストランを閉めていたのは、どうしても食材がそろわなかったんですよ。食材がなくても店を開くことはできるので、『やりたくない』というような表現をしました。今日は、問題なく開店できますよ」

「無気力がこの国の文化」なんてことはなく、みんなちゃんとした理由があって、判断をしていた。それが、ただ言葉遣《ことばづか》いの違いで、地球一家にはうまく伝わらなかっただけだったのだ。

そうなると、地球一家は、勘違《かんちが》いして何もせずにダラダラ過ごしたことが、急にもったいなく思えてきた。しかし、もう手遅れだ。時計が10時を指す。父ノブがHマザーに言う。

「ああ、もうタクシーが来る頃ですね」

すると、Hマザーがちょっと気恥《きは》ずかしそうに答えた。

「嘘《うそ》をついてすみません。本当は、あと1時間後です。タクシーの予約時刻は11時なんです。空港に行くには、それで間に合います」

どうしてそんな嘘を？ ——地球一家が不思議に思った時、玄関からたくさんの人が突然入ってきた。そして、Hファーザーが大きな声で言った。

「今から、地球の皆さんのために歓迎《かんげい》パーティーを開きます。この近所の人たちにも集まってもらいました。地球の皆さんはこの家からほとんど外に出たがらないのですが、我々としては、せっかくいらっしゃったのだから、この星のことを少しでも知ってほしいと思い、急遽《きゅうきょ》このパーティーを企画させていただきました！」

まさかのサプライズパーティーだ。おいしい料理が運ばれ、ホストファミリーと近所の人たちは、地球一家のために、この星の歴史、名所、文化などについて、写真や絵なども使ってかわるがわる発表した。

地球一家にきれいな花束をプレゼントしてくれたのは、ミサが散歩中に会った女性だった。庭で花を摘《つ》んでいたら、ミサが現れたのであわてたという。サプライズパーティーの準備をしているとバレてはまずいので、とっさに「何もしていない」と彼女は言い訳したのだ。

休日なのに、外に人がいなかったのも、みんなこっそりパーティーの準備をしていたからだった。ミサが散歩から戻ってきた時に鉢合《はちあ》わせたHファーザーとHマザーも、パーティーの準備中だったらしく、「何もしてない」と強引にごまかしたのだという。

集まった人の中には、空港のそばで会った、ギフトショップの店員と、タクシーの運転手もいた。彼らもこの近所に住んでいるらしい。

「店内のリニューアルがしたくて、お店を閉めてたの。開けようと思えば開けなくはないけど、それだと作業が進まないからね」

「昨日はタクシーのエンジンの調子が悪かったんだ。それで『乗せたくない』と言ったんだよ。歩くより遅いくらいだし、お尻《しり》が割れるほどガタガタ揺れる。乗せようと思えば乗せられたけど、それじゃ悪いからね。もう修理がすんだから、今日は俺が空港まできちんと乗せていくよ」

すべての誤解《ごかい》がとけて、ようやく素直に、地球一家はこの星を楽しめるようになった。ニコニコしながら、近所の人たちと話す地球一家を見て、Hマザーは Hファーザーにささやいた。

「地球の皆さんが、観光にも行かないほど無気力なのでずっと心配していたけど、パーティーを楽しんでくれているみたいで、本当によかったわ」

お土産《みやげ》とお返し

新しい星に着き、地球一家は、ホストハウスに行く前にショッピングセンターに立ち寄った。いつもなら、お世話になるホストファミリーへのお土産として、前の星でお土産を買う。でも、今回は時間がなく、それができなかった。なので、仕方なく、このショッピングセンターで買っていくことにしたのだ。

「ねぇ、これなんか、いいんじゃない？」

ミサがショーケースの中を指さす。見た目も数も申し分ないクッキーが、箱に収《おさ》められて飾《かざ》られていた。

「うん、いいな、これにしよう。すみません、このクッキーを一箱ください」

父ノブはうなずいて、すぐに店員に声をかけた。

「え、もう少し考えて決めたほうが……」

自分のたった一言でお土産が決まってしまったことに驚《おどろ》いてミサが言うと、父は笑った。

「ミサの直感に任せたよ。こういう物は第一印象でさっと決めたほうがいい」

しかし、レジで店員に示された金額を見て、父は目を丸くした。

「しまった。値札《ねふだ》をよく見ていなかった。こんなに高いのか……」

支払《しはら》いを終えてレジを離れた父は、みんなにぼやいた。

「他のお菓子に比べて10倍くらいの値段だったな。でも、一度レジを通した手前、やっぱり買わないとも言いにくくて……。まぁ、高い分には、もらうほうも喜んでくれるだろう」

この星のホストファミリーは、ホスト《H》マザーだけ。一人暮らしの高齢の女性だ。

地球一家がホストハウスに着くと、Ｈ《ホスト》マザーはにこやかに迎《むか》え入《い》れてくれた。

簡単な挨拶《あいさつ》をして、地球一家が家に上がる。すると、Ｈマザーがニコニコしたまま言った。

「それで、お土産はないんですか？」

「え？」

いきなりお土産を催促《さいそく》されて、地球一家はとまどった。その様子を見て、Ｈマザーは話し始めた。

「いえ、全然かまわないんですよ。ただ一応、この星では、よその家に行く時はお土産を持って行くのが常識であり、マナーなんです。もちろん、皆さんは地球の方ですから、その通りにしていただく必要はありませんし、地球にはそんな文化はないでしょうけど……」

「いや、すみません。地球にもお土産の文化はあります。タイミングを見て、渡そうと思っていたところで……」

父ノブがあわてて、お土産用に包まれたクッキーの箱を差し出す。

「あら、あったのね。ありがとうございます」

Hマザーはお土産を受け取ると、さらに話を続けた。

「この星の習慣について、一通り説明したほうがいいですよね。いただいたお土産は遠慮《えんりょ》なく受け取るのがマナーです。それから、本当はお土産を催促しないのもマナーなんですが、さっき私がお土産について話したのは、この星の習慣を教えるためであって……」

ここで父ノブが話をさえぎった。

「大丈夫です。わかっています。その習慣は、地球の習慣とほとんど同じですよ」

「そうなの？　それは安心したわ。じゃあ、お土産をもらったらその場ですぐお返しするという習慣も、地球と同じかしら？」

「その場ですぐお返しするんですか？　それは、地球とはちょっと違うかも……」

話をしながら、Ｈマザーはお土産の包みを開けて、クッキーを取り出した。

「あらまぁ、このクッキーですか」

「もしかして、お嫌いでしたか？」

母ユカが心配して聞く。

「いえ、嫌いじゃないんですよ。ただ最近、年齢《とし》で歯の調子が悪くて。これはこの星でも有名で人気のクッキーなんですけど、少し固いの……ああ、でも、大丈夫。気になさらないで。この星の習慣では、お土産を渡すことが重要で、それが相手に必要な物かどうかとか、相手が好きな物かどうかは、いっさい考える必要はないんですよ」

そう話した後、Ｈマザーは少し困《こま》ったように言った。

「それはそれとして、これだけ高価なお菓子のお返しとなると、どうしたらいいかしら。中古の自転車と……そうだ、今うちは小麦粉が余《あま》ってるから、それもお渡ししましょう。ちょっと待っててください」

「え？　中古の自転車と小麦粉？」

父ノブが思わず聞き返す。地球一家がギョッとしている間に、Hマザーはキッチンから小麦粉の袋《ふくろ》を持ってきて、窓から見える庭を指さした。

「お土産のお返しは、あそこにある自転車です。でも、あれは、使い古しで価値が下がっているから、お返しとしてはちょっと足りません。だから、その分、この小麦粉も一緒にお渡しします。この星では必ず、いただいたお土産と同じ金額の分だけお返しすることがマナーなんですよ。これは地球の習慣と同じですか？」

ドサッと小麦粉の袋を渡されて、父は苦笑いを浮かべながら言った。

「いや、これは地球の習慣とはだいぶ違いますよ。それはともかく、私たちは旅行中の身ですし、今ここで小麦粉や自転車をいただいても……」

「この星のマナーでは、お土産をもらう時と同じく、お返しも遠慮せずに必ず受け取るものです。そうじゃないとマナー違反になります。もちろん、お返しも、相手にとって、必要な物か、気に入る物かどうかは、いっさい気にしなくてよいことになっています。地球とは文化が違うでしょうから、皆さんが必ずそうする必要はないかもしれませんが、この星ではお土産やお返しを断って相手に返すようなことは、大変失礼なことです」

「必ずそうする必要はない」と口にしつつ、Hマザーの言葉には、少しムッとした、有無《うむ》を言わせないところがあった。

――きっとお土産やお返しを受け取らないことは、この星の文化では、かなり悪いことなのだろう。無理に断れば、Hマザーを傷《きず》つけることになるかもしれないし、旅行者としてこの星に来たからには、できる限りその文化を尊重したい。

……とは言え、中古自転車を抱《かか》えてシャトル船に乗るわけにもいかない。父がどうしたものかと悩んでいると、Hマザーが提案した。

「もしどうしても自転車を持っていると困《こま》るということであれば、近所の家にご挨拶《あいさつ》に行ってきてはどうでしょう。そこでその自転車をお土産に渡してしまえばいいんです」

父は目を丸くした。

「使い古した自転車をお土産に、初めての家を訪《たず》ねるんですか？」

「全然かまいませんよ。この星では全く問題ありません」

当たり前のようにHマザーが言う。とても信じられないような話だが、この星の住民である

Hマザーが言うのだから、きっと大丈夫なのだろう。地球一家は庭にとめてあった古い自転車をひいて、すぐ隣の家に行ってみることにした。

ホストハウスの隣の家は、電器店だった。家の1階がお店になっている。店内で店番をしていた、家の主人らしき男性に、父ノブは言った。

「こんにちは。初めまして。隣家に泊《と》まりに来ている、地球からの旅行者ですが、ちょっとご挨拶でもと思って……それで、その、お土産に自転車を……」

おそるおそる父が自転車を指し示すと、男性は不思議に思う様子もなく言った。

「それはわざわざ、ありがとうございます。ああ、自転車は店の前にとめておいてください」

それから男性は自転車のそばまで来て、値踏《ねぶ》みするようにしげしげと眺《なが》めた。

「う～ん、では、この自転車のお返しに……あの洗濯機を差し上げます」

男性が、店の中の洗濯機を指さしたので、地球一家はギョッとした。母ユカがあわてて言う。

「でも、あれは新品では？　自転車よりはるかに高いでしょう。もっと簡単なものでも……」

「いえ、新品とは言え、昔からの売れ残りです。型落《かたお》ちで、もう大した値段もつきません。それでも、中古自転車よりは少し高くなりますが……あれ、それもお土産ですか？」

母ユカが抱えていた小麦粉の袋に、男性が目を向ける。チャンスがあればこれもどうにかしようと、持ってきていたのだ。

「その小麦粉もあるなら大丈夫ですよ。あ、ご心配なさらず。洗濯機を持ち帰れるように、台車もお貸ししますから」

地球一家のひきつった顔を見て、男性はそう付け加えた。しかし、地球一家は、台車がないと洗濯機を運べないなんてことを心配していたわけではなかった。

「どうするの？　洗濯機なんて。自転車より重くてかさばるものになっちゃったよ」

タクが情《なさ》けない声でささやく。それに、父が小声で答える。

「仕方がない。もう一軒、他の家に行こう。そこでまたお土産として渡すんだ」

「でも、そのお返しで、もっと大きな物をもらったら？」

リコが不安げに聞くと、父はどこかあきらめたような声でつぶやいた。

「小さな物に交換してもらえるまで、いろんな家を訪ね続けるしかない」

男性の家で、お茶をごちそうになり、1時間ほど話した後、地球一家は洗濯機を乗せた台車を押しながら、次の家に向かった。

電器店のさらに隣は、玄関前が砂利《じゃり》を敷《し》いた少しお洒落な家だった。台車が進もうとするとガタガタと揺れてしまう。

「おい、無理はするなよ」

台車を押すジュンに父が注意したが、遅かった。タイヤが砂利に引っかかって、台車がつんのめる。「あっ！」とジュンが声を上げた次の瞬間、洗濯機が傾いて……ガッシャーン！

大きな音が響《ひび》き渡《わた》って、家の人が驚いて出てきた。小さな子どもと母親らしい若い女性だ。

「す、すみません。僕たち地球からの旅行者で、この近所に宿泊していまして……それで、あの、これはお土産だったんですが……」

地面に倒れた洗濯機を起こすと、思いっきりへこんでいた。これでは中の機械も、おそらく壊れてしまっているだろう。しかし、その女性は気にしない様子で言った。

「ああ、なるほど。そういうことですか。かまいませんよ。修理すれば使えるかもしれませんし。たとえ故障した物でも、ゴミでも、お土産はお土産です。ただ、このお返しとなると……」

女性は家の中に入って、すぐ戻《もど》ってきた。

「このお菓子でどうでしょう。食べかけですが、壊れた洗濯機となら釣《つ》り合《あ》うでしょう」

差し出された箱を父ノブは受け取った。そして、それを見て驚いた。

「あれ？　このクッキーは……」

開封され、あと6枚しか残っていなかったが、それは地球一家がＨマザーへのお土産に買ってきたのと同じクッキーだった。女性が言った。

「さっき、この近所のおばあさんが、ちょっとした用があって訪ねてきまして、その時にお土産としてくれたんです。自分は固くて食べられないからって……」


「まさか、自分たちの渡したお土産が、また自分たちに返ってくるなんて」

ちょうど6枚のクッキーをみんなでかじりつつ、ホストハウスへ戻りながら、ミサが言った。

「結果的にお土産を返されたようなものだけど、お土産として他の人の手を渡って戻ってきたわけだから、この場合は失礼には当たらないんだろう。きっと……」

ジュンが肩をすくめる。

「でも、なんかこの星のお土産の習慣って、いらないものを互《たが》いに押しつけあってるみたいなところがない？　これでいいのかしら？」

ちょっと納得できないようにミサが言うと、父が疲れ切った様子でため息をついた。

「まぁ、それでいらないものが人の間をめぐって、最終的にほしい人の手に届くこともあるかもしれない。そうでなくても、この星の人々が納得して、うまく回っているなら、それでいいじゃないか。洗濯機を倒《たお》して壊したのが幸《さいわ》いだった。そうでなかったら、また大変なものをもらっていたかもしれない。とにもかくにも結果オーライだ。これ以上、面倒なことが起きないように、もうどこにも寄らずにこの星をあとにすることにしよう」

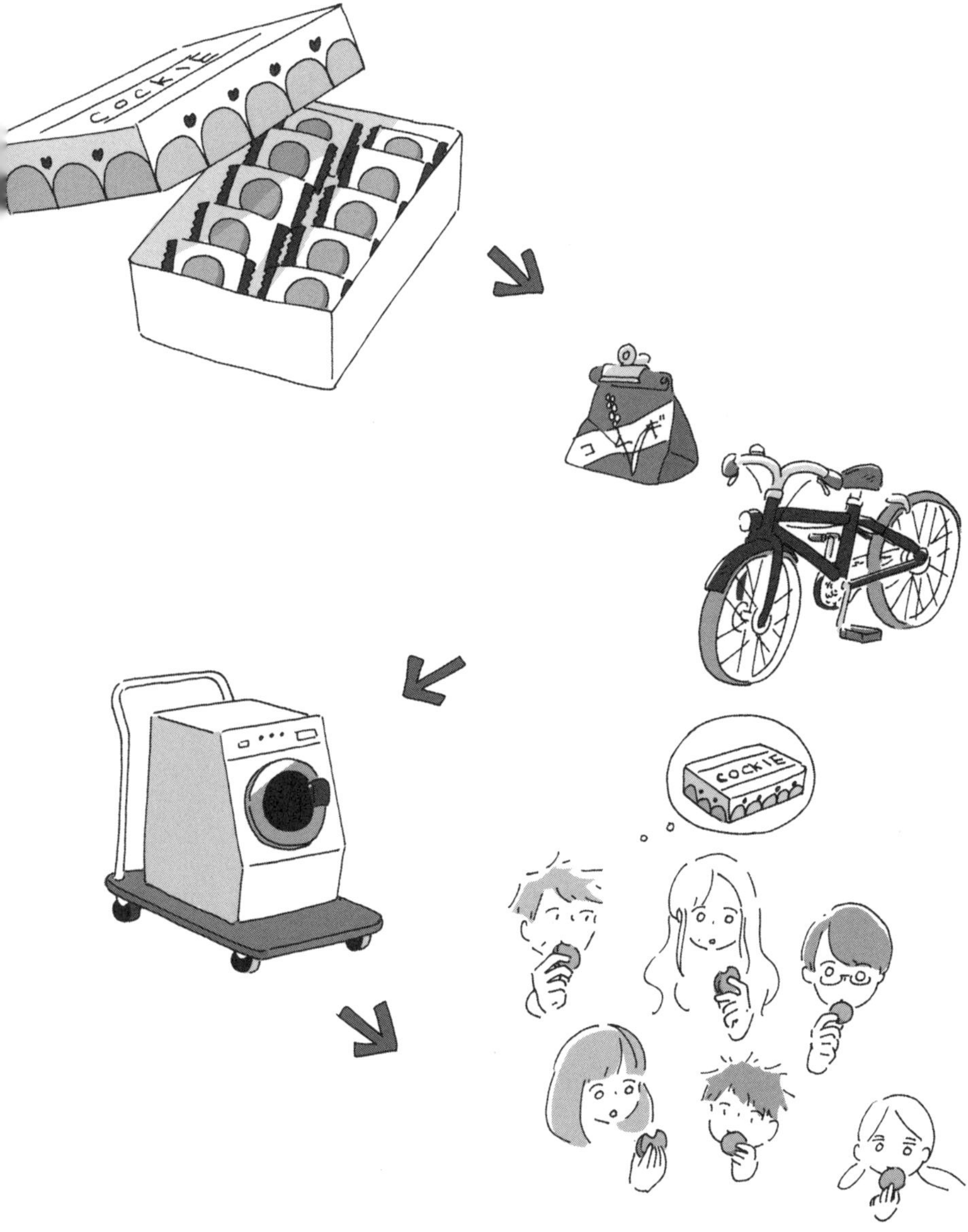
COCKIE
COCKIE

家族の掃除当番

「おじゃまします」

ホストハウスに一歩入ろうとして、地球一家はギョッとした。

床がひどく汚《よご》れている。いや、床だけではない。壁《かべ》も何もかもすすけて、ほこりが積《つ》もっている。もう何年も掃除をしていないという様子だ。

地球一家が思わずうろたえていると、ホスト《H》マザーが顔を赤らめ、申し訳なさそうに言った。

「何をお考えか、わかっているわ。家の中がとても汚いでしょ。本当にごめんなさい。皆さんが来る前に、掃除《そうじ》したかったのだけど、どうしても時間がなくて……」

時間がなかったというのは、本当だろう。Ｈ《ホスト》マザーとホスト《H》ファーザーは仕事があり、ホストファミリーの2人の子ども――息子のキードと娘のコーラも、学校に行っていて昼間はいないというので、地球一家は先に観光をして回ってきたのだ。そして、ホストファミリーが帰ってくるという時間に合わせて、ホストハウスにやってきたのだった。

しかし、そうは言っても、この家は汚《きたな》すぎる。

「ズボラな星だなんて思わないでくださいね。この星の人間はみんな働き者なのだけど、働くのに忙しくて、なかなか家のことをする時間がとれないの。特に掃除は難しくて……」

話しながら、Ｈマザーは地球一家を客間に案内した。家の中はどこもかしこもほこりまみれで、スリッパをはかずに歩いたら、すぐに靴下が真っ黒になってしまいそうだ。

「じゃあ、ずっと掃除はしていないんですか？」

母ユカが尋《たず》ねると、Ｈマザーは慌《あわ》てて首を振った。

「いいえ。まさか。昼間は忙しくて無理だけど、この星の習慣として、毎日寝《ね》る前に家族全員で掃除をすることになっているのよ」

客間も、すすとほこりであふれていた。Ｈマザーがいなくなってから、ミサは言った。

「これで毎日掃除しているなんて、とても信じられないわ」

ジュンがうなずく。

「きっと見栄を張《は》っているんじゃないかな。本当は掃除なんて全然していないんだよ。そうじゃないと、こうも汚くはならない」

「だとしたら、今日も寝る前に掃除するなんて言ってたけど、いろいろ理由をつけて、結局掃除なんてしないつもりなのかも……」

タクの言葉を聞いて、リコが悲劇的《ひげきてき》な声を上げた。

「えっ！　そしたら、今日はこのままここで寝るってこと？」

こんな汚い場所で寝るなんて……。とても気持ちよくは眠れないし、病気にでもなってしまいそうだ。地球一家はゾッとせずにはいられなかった。

何としてでも、寝る前に掃除をしたい。そう地球一家は思ったが、夕食が終わっても、ホストファミリーはなかなか掃除を始めようとはしなかった。もしかしたら本当に、このまま掃除をせずにすませるつもりなのかもしれない。

そうなってはたまらない。とうとうしびれを切らした母が、Hマザーに尋《たず》ねた。

「今日は、寝る前の掃除はされないんですか？　一晩泊《と》めていただくんですもの、ぜひ私たちもお手伝いさせていただきたくて……」

もしホストファミリーが掃除をしないでごまかすつもりなら、自分たちだけでも掃除をしよう。地球一家はそう決意していた。しかし、Hマザーは微笑《ほほえ》んで答えた。

「あら、そうね、少し早いけど、始めましょうか。手伝っていただけるなんて助かるわ！」

すぐにHマザーが、Hファーザーと子どもたちを呼び集める。

掃除機、ほうき、雑巾《ぞうきん》……使う道具や掃除のやり方は地球と変わらないらしい。必要な道具を準備すると、それをそれぞれ手に持って、ホストファミリーは掃除を始めた。

まさかこんなスムーズに話が進むとは。地球一家はキョトンとしてしまった。

いや、しかし、まだ油断はできない。自分たちも掃除を始めながら、地球一家は思った。もしかしたら、実は手を抜《ぬ》いたり、適当にやっていたりするのかもしれない。そうでなければ、こんなに汚い家に住んでいるはずがない。

「皆さん、手際がいいですね。協力して掃除をするのにも慣れてるみたいだ」

ホストファミリーの掃除の仕方を気にしてチラチラ見ていたら、キードから、逆《ぎゃく》にそんなことを言われたので、ミサはちょっとドキッとした。

「ええ、そうね。私たちの星では、学校で他の生徒と一緒に掃除をしたりするから、そのせいじゃないかしら」

「学校の掃除を生徒たちが？　地球では、そうなんですか？　この星では、掃除することを仕事にしている人がいて、学校の掃除はその人たちがすることになっているんですよ」

コーラが言う。キードもコーラも地球で言えば、中学生くらいの年齢だ。ジュンが説明する。

「いや、地球でも、国や学校によっても違うかな。僕の通う学校は、同じように業者……掃除を仕事にしている人たちがやるから、生徒は掃除しないけど、ミサのところや、それから、タクとリコの学校でも、自分たちで掃除するんだよな」

「うん。僕たちは当番制で、1週間に1回当番が回ってくるよ」

タクの言葉に、リコもうなずく。それからミサが付け足すように言った。

「私の学校では、特に当番は決まっていないわ。帰る前に、一応全員で掃除することになっているけど、まあ、汚れていないと思ったら、やらずに帰るわね」

その時、子どもたちの話を聞いていたHファーザーが口をはさんだ。

「学校で生徒が掃除をするなんて、驚《おどろ》きですね。勉強とは関係ないでしょう」

父ノブはここぞとばかりに首を横に振って言った。

「おっしゃる通り、勉強とは関係ありません。でも、地球の学校で子どもに掃除をさせるのは、掃除を通して、心を一つのことに集中させることや、物事に注意して丁寧に取り組むことを学んでほしいからですよ。身の回りをきれいにすると、心の乱《みだ》れも整います。つまり掃除は、その場所だけでなく、人の心をきれいにするんです……。だからこそ、子どもにとっても大人にとっても、まじめに掃除をするというのは大切なことなのではありませんか？」

父の言葉には、少しチクリとしたところがあった。こんなに家を汚しているホストファミリーに、ちょっと説教するような気持ちもあったのだ。もしかしたら、言い返されるかもしれないとも思ったが……。

「いや、まったくおっしゃる通りです。掃除してもどうせまた汚れてしまう、なんて思って、面倒《めんどう》に感じる日もありますが、やはり日頃の掃除は忘れてはいけません！」

Hファーザーは、心から賛成するようにうんうんとうなずいた。父ノブはその素直さに、ポカンとしてしまった。

やがて掃除が終わって、家中がピカピカになった。すっかりきれいになった客間で、ミサはわけがわからないという顔をした。

「なんだか、逆に今まであんなに汚かったのが不思議なくらいだわ。みんな、手を抜いている様子もなかったし、掃除が下手なわけでも、嫌いなわけでもないみたいだし……」

「でも、あれだけ汚かったんだ。毎日掃除していたとは、どうしても思えないよ」

タクがそう言った時、１人まだ客間に戻っていなかった母ユカが、画用紙とペンを持って部屋に入ってきた。

「お母さん、そんなもの持ってきて、何か作るの？」

リコが尋ねると、母はにこりと笑った。

「私、ひらめいたのよ。どうしてあんなにこの家が汚かったのか」

「どういうこと？」と、ミサたちが驚く。母は微笑んで言った。

「この家の人が、毎日みんなで掃除をしようとしているのは本当だと思うの。でも、結果はひどい有様《ありさま》。なら、きっと『毎日みんなで掃除しようとしている』ってことが、その原因なのよ」

話が見えない様子のみんなに、母は続けて言った。

「ミサの学校と、タクとリコの学校の掃除当番のことで、思い出したの。私、保護者会で最近、両方の教室を見てきたけど、タクとリコの学校の教室のほうが何倍もきれいだったのよ。タクとリコの学校は１週間に１回掃除当番が掃除するだけだけど、ミサのほうは毎日みんなで掃除することになっている。ミサの教室のほうがずっときれいなはずよね。でも、結果はそうじゃない。どうしてかしら？」

「それは、ええと……きっと、結局、掃除をやっていないからだわ」

ちょっと恥《は》ずかしそうにミサが言う。

「毎日全員で掃除をするって言われると、昨日やったからいいや、とか、どうせ誰かやるからいいやってつい考えちゃって、結構やらずに帰っちゃうのよ」

「だと思ったわ。1日でそんなに汚れるはずがない、他の誰かがやるに違いないって、結局毎日誰もやらずに帰っちゃう。そのうちに、どんどん教室が汚くなっていく……。この家も同じことだと思うの。全員で毎日やると決めたから、そのせいで逆に、結局誰もやらない」

妻の説明に、「なるほど」と父もうなずいた。

「そういうのって、誰かがやったはずだ、最近やったはずだ、なんて、本当はやっていないのに、自分の中ではやったと思いこんでいることも多いよな。この家の人も、今日は僕たちがいたから、張《は》り切《き》ってみんな掃除をしたけど、ふだんは、無意識にサボってしまっているということかもしれない。毎日しているつもりで、きっとずっと掃除をしていないいんだ」

「そう。だから、それを解決するには、タクとリコの学校と同じ、当番制にすればいいと思うの。掃除は毎週日曜日だけにして、当番を決めさえすれば、きっとちゃんと掃除するわ。ここのホストファミリーは元々、掃除が苦手でもない、まじめな人たちみたいだもの」

母がなぜ画用紙とペンを持ってきたのか、地球一家はみんなやっとわかった。

「その紙で、当番表まで作ってあげるんだね。でも、ちょっとお節介《せっかい》じゃない？」

ジュンが言うと、母の代わりに父が答えた。

「いや、僕は賛成だ。今度の旅行で我々地球人は、違う文化を発見することで、いろんなことを学んでいる。同じように、ホストファミリーも、地球人が宿泊することによって、気づいたことがたくさんあると思うよ。お互いが刺激《しげき》し合って進歩するんだ。それは必ずしも、『郷《ごう》に入《い》れば、郷《ごう》に従《したが》え』の精神に反するわけじゃないと思う」

父の言葉にジュンも納得した。それからみんなで、ホストファミリーの掃除の当番表を作ると、地球一家はきれいな部屋で眠りについた。明日、当番表をプレゼントすれば、このきれいな状態がいつまでも続くだろうと、夢に見ながら……。

翌朝、最初に目覚めたのはミサだった。なんだか息苦しい気がして目を開けたミサは、思わず悲鳴を上げた。その声で、他の地球一家も飛び起きた。そして、すぐみんなびっくりした。なんと、部屋が、昨日掃除する前と同じ、ほこりまみれのひどく汚い状態に戻っていたのだ！

あわてて部屋から出ると、廊下もどこもかしこも元の汚さに戻っている。リビングまで行くと、ホストファミリーが朝食の用意をしていた。地球一家を見て、Hマザーが微笑んだ。

「おはようございます。起きてびっくりしたでしょ。せっかく掃除を手伝ってもらったけど、一晩でこんな状態になるの。毎日こんなだから、嫌になっちゃう」

「毎日って……どういうことですか？」

ミサが聞く。地球一家には何が何だかさっぱりわからない。

「この星は、空気中の細菌《さいきん》や微生物《びせいぶつ》が他の星とは違っていて、それが悪さをしているらしいの。人体には影響《えいきょう》がないんだけど、夜のうちにたくさんのすすやほこりを生み出して、積もらせてしまうのよ。町や外の建物は、そこで働いている人が朝早く掃除しているからきれいだけど……。そのせいで、朝はみんな忙しくて、自分の家を掃除する暇《ひま》がないのよ」

地球一家は驚きのあまり、何と言っていいかわからなかった。

「あの、だとしたら、どうして毎日、夜に掃除なさるんですか？　一夜明けたらどうせこんな元通りになってしまうのに」

やがて父ノブがそう質問すると、Ｈファーザーは笑って答えた。

「それは昨日、あなた方もおっしゃっていたではありませんか。掃除することで心が磨《みが》かれているように感じるんですよ。だから、毎日掃除は欠かさない。理由はそれだけです」

地球一家は、ホストファミリーが掃除をしていないのではないかと疑《うたが》った自分たちが、恥ずかしくてたまらなくなった。

「どうも汚れていたのは、この家じゃなく、私たちの心のほうだったみたいね」

地球一家のみんなにそうささやいて、母は持ってきた当番表をこっそり体の後ろに隠《かく》した。

愛の花束

その星の名物は、何と言っても花だという。

ちょっとハイキングで山にでも行けば、他の星では見たこともないような珍《めずら》しい花が、いくらでも咲《さ》き誇《ほこ》っているらしい。

そういうわけで、地球一家はホストハウスから、近くの山までハイキングへ出かけようとしていた。

今回、地球一家を迎え入れたホストファミリーは、若い娘モルナとその両親だ。

モルナにはボーイフレンドがいて、まだ付き合い始めたばかりだというが、地球一家にも紹介してくれた。少し話しただけだが、なかなかの好青年だ。

そんな恋愛真っただ中のモルナが、家を出た地球一家を呼び止めた。

少しモジモジしながらモルナは言った。

「すみません、一つお願いがあるんですけど、皆さんの行く山の頂上に、小さな花屋がありま す。そこで、『愛の花束』というものを買ってきていただけませんか？」

「『愛の花束』？　なんです、それは？」

父ノブが聞くと、モルナは答えた。

「私も実際には見たことがありませんが、新聞に出ていたんです。最近、発見された新種の花を使った花束で、相手に愛情をもって渡すと、花が開くんだそうです」

そんな不思議な花束、頼まれなくても見てみたい。地球一家は快《こころよ》く引き受け、山へ向かった。

山の中には、色とりどりの個性的な花がたくさん咲いていた。たいして高い山でもなかったので、そんな花を楽しみながら歩いているうちに、頂上には思ったより簡単に着いた。

そして、モルナに聞いた通り、頂上には花屋があった。

店内に入ると、年配の女性店員が1人で花の手入れをしていた。

「すみません、『愛の花束』をください」

父ノブが声をかけると、店員は仕事の手を止めて顔を上げた。

「いらっしゃいませ。どなたに渡される愛の花束ですか？」

予想していなかった返答に、父がとまどう。

「え？　あげる相手によって違うんですか？」

「愛の形は様々ですから。相手のことを深く知りたいと思うのも愛、相手と平穏《へいおん》に過ごしたいと思うのも愛……」

なんだか哲学的《てつがくてき》な店員の言葉に、父ノブは困ってしまった。

「まいったな。誰に渡すかは聞いてなかった……」

すると、ミサが言った。

「そんなの、決まってるじゃない。モルナさんがボーイフレンドに渡すのよ。言葉では伝えきれない気持ちを、花束を使って表現しようとしているんだわ」

「いや、わからないぞ。ボーイフレンドからモルナさんに渡してもらうために買おうとしているのかも。愛情をもって渡すと花が開く花束。逆《ぎゃく》に言えば、愛情がない相手に渡しても、花は開かないってことさ。つまり、相手に本当に愛情があるかをたしかめるのにも使えるわけだ」

ジュンの意地悪な考えに、ミサは顔をしかめる。父ノブが店員に言う。

「どちらにせよ、渡すのは恋人だな。付き合い始めたばかりの恋人」

「わかりました。今すぐ花束を作りますから、少しお待ちください」

店員は、店内の花を少しずつみつくろって花束を作った。花はすべて閉じている。

花束を受け取った父と地球一家は、山道を下りて帰り始めた。

また、あちこちに咲いているおもしろい花などを見ながら歩いていると、20代くらいのきれいな女性が山道を登ってきた。

登山のマナーとして、お互いに挨拶《あいさつ》をしてすれ違う。その時、父ノブが持つ愛の花束の花が、いっせいに開いた。父がはっとしている間に、女性は歩いていってしまう。花束の花は、すぐ元通りに閉じた。

「……お父さん、今の何？」

母が言う。父はあわててごまかすように答える。

「え？　いや、さぁ何だろう？」

「花が開いたよ。お父さん、今の女の人、好みのタイプなの？」

ニヤニヤするジュンを、「余計なことを言うな」という目で父が見る。

「馬鹿を言うな。さぁ行くぞ」

父は、赤くなりながらそう言って、また歩き出した。

すると、今度は30代くらいの品のいい女性が歩いてきた。すれ違うと、また父が持つ花束の花がいっせいに開いた。女性がそのまま通りすぎて、花束の花は元通りに閉じる。

家族の視線が父に集まる。特に母の視線が鋭《するど》い。突《つ》き刺《さ》すような視線だ。

「いや、これは、その……感度が良すぎるんじゃないか、この花。ちょっと試してみよう」

道の途中にあるベンチに座って休んでいるおばあさんを見つけ、父が言った。

「ほら、見ていろよ」

父ノブはそう言いながらおばあさんに近づき、花を向けて挨拶した。

しかし、花はまったく開かない。

しまった、余計なことをした――と後悔しても、もう遅い。また父に、母の冷たい視線が向けられた。父は悔《くや》しくなって、花束を妻に押しつけた。

「僕ばかり持つのは不公平だ。お母さんも、少しは持ってくれよ」

「いいわ。私はあなたと違って、下心なんてありませんから」

強気で母は言って、花束を受け取った。

しばらく歩くと、20代くらいの美青年が向こうから歩いてきた。お互いに挨拶をしてすれ違う……と、母が持つ花束の花がいっせいに開いた。

ミサたちが驚《おどろ》いて母を見る。男性が通り過ぎると、花は元通りに閉じた。気づくと、ニヤニヤした目を父が向けている。母の顔は恥《は》ずかしさと腹立ちで、カーッと赤くなった。

「二人ともしょうがないな。このままだと夫婦げんかになりそうだ。花束は僕が持つよ」

ジュンは、母から花束を受け取った。すると、タイミングよく、そこに高校生くらいの女の子が歩いてきた。挨拶を交《か》わした瞬間、花束の花がまたいっせいに開く。

ミサとリコとタクが、思わずクスッと笑った。ジュンはムッとして言った。

「そんな風に笑うなら、お前たちが持てよ。他人のことを笑うクセに、自分じゃ持たないなんてズルいぞ!」

ジュンから花束を押しつけられたミサが、あわててそれをタクに押しつける。タクは驚いて、今度はリコに花束を押しつける。リコは悲鳴を上げて、また母に花束を渡す。母は元々持っていた父に花束を返し、父がまたジュンに……。

そうやってさんざん押しつけあった結果、最終的に、ある持ち方に落ち着いた。

それは、全員で花束をつかんでみんなで持つ、という方法だった。

誰かとすれ違うたび、やっぱり花は開いたが、これなら誰が抱《いだ》いた気持ちで開いたのか、わからずに済《す》む。ただ、道行く人みんなに、変な目で見られることにはなったが……。

一つの花束を6人で持ちながら帰ってきた地球一家を見て、モルナもびっくりした。

「それが『愛の花束』？　そんなに重いものなんですか？」

「いや、決して重いわけではないんですが……」

父ノブが苦笑いを浮かべる。そのまま6人で手を伸ばして、地球一家はモルナに花束を渡した。もちろんその時も花が開いたが、地球一家のおかしな様子に意識がいっていたせいか、モルナはあまり気にせず、愛の花束を受け取った。

「ありがとうございます……。お父さん、お母さん、ちょっと来て！」

モルナは花をリビングのテーブルに置くと、両親を呼んだ。

「え、その花束、ボーイフレンドに渡すんじゃないんですか？」

ミサが尋ねると、モルナは首を横に振る。

「いえ、違います。両親の愛を確かめようと思って」

ホスト《H》ファーザーとホスト《H》マザーがやってくると、モルナは言った。

「お父さん、その花束をお母さんに渡してみてくれる？」

「この花束を？　いいけど、いったいどういうことだい？」

それが愛の花束だとは知らないH《ホスト》ファーザーは、不思議そうな表情をしながら、言われた通り、Hマザーに花束を手渡《てわた》した。しかし、花はまったく開かない。地球一家は「あっ」と心の中で声を上げた。

モルナは、今度は逆に、HマザーからHファーザーへ花束を渡すように頼んだ。Hマザーは言われた通りにしたが、やはり花は開かない。

「やっぱり……。私、ボーイフレンドができて思ったの。本当に愛し合っていたら、もっとその気持ちを言葉にして相手に伝えたくなるものでしょう？　でも、お父さんもお母さんも、お互いに『愛してる』なんて、全然言わない。それを不思議に思っていたんだけど、もう2人に愛はないのね。これ、愛の花束なのよ」

モルナの言葉に、HファーザーとHマザーは驚いた。

「いや、愛がないなんて、そんなわけない。父さんと母さんは、最高の夫婦だよ。なぁ？」

あわててHファーザーが言うと、Hマザーが何度もうなずく。

「でも、花は開かなかったじゃない！」

モルナが、強い声で言う。そこでふと、地球一家の子どもたちも気づいた。山から下りてくるとき、何度か父と母の間で花束を受け渡すことがあった。思い返してみれば、あれほど簡単に開いていた花が、その時はピクリともしなかった。

もしかしたら、うちの両親にも、もう愛はないのでは――子どもたちが父と母に疑《うたが》いの目を向ける。それに気づいて、父と母は焦《あせ》った。

「ちょっと待ってください、モルナさん！」

父ノブがそう言って、Hファーザーの手から花束を取り、そして母へ渡した。やはり花は開かない。

「ほら、あなたのご両親だけでなく、僕たちがやっても開かないんですよ。愛し合っていると思っている2組の夫婦の花が開かないなんて、おかしいと思いませんか？」

「それはそうかもしれませんが、じゃあ、どうして……」

父ノブは、諭《さと》すようにモルナに言った。

「よく聞いてください。愛の花束を売っていたお店の人が言っていましたが、愛にはいろいろな形があります。相手のことを深く知りたいと思うのも愛、相手と平穏に過ごしたいと思うのも愛……」

「はぁ……」

急に哲学的なことを言い出され、モルナが「わけがわからない」という顔をする。

「ええと、つまりですね、おそらく愛の花束にもいろいろあって、これはたぶん、相手をもっと知りたいと思う愛情に反応する花なのでしょう。私は、あなたが付き合ったばかりのボーイフレンドに渡すと思って、この花束を買いました。ということは、これは、もう十分知り尽《し》く《つ》している夫婦の場合には反応しない種類の花束なんですよ。若いうちはまだわからないかもしれませんが、恋人には恋人の、夫婦には夫婦の、愛の形があるんです！」

「なるほど、そういうことか。きっと、そうだ！　いや、まったくその通り！」

Hファーザーが冷《ひ》や汗《あせ》をかきながら、父ノブに同意した。そして、大人全員が「謎《なぞ》は解《と》けた、すべて解決だ」とでも言うように大げさに笑った。モルナも地球一家の子どもたちも、強引《ごういん》に話を終わらせた大人たちの姿を、疑いの目で見た。

お父さんもお母さんも、付き合いたての恋人のようには、あまりベタベタはしない。それでも、ずっと一緒にいるのは、やっぱり本当に、長年連《つ》れ添《そ》った夫婦の特別な愛の形があるからなのかもしれない。とはいえ、それにしては、花束のことで、何だかみんな、やけに焦っていた。互いの愛をしっかり信じているなら、あんなに取《と》り乱《みだ》さなくてもいいのに。大人とはまったく不思議なものだ……。

真実を伝えられたのか、ごまかされたのか、結局モルナにも、地球一家の子どもたちにもわからなかった。ただ一つわかったのは、「愛というものは、たった一束の花束でたしかめられるほど、単純なものではないらしい」ということだけだった。

算数ガチャポン

その星には、いたるところにガチャポンがあった。ガチャポンとは、地球でもよく見かける、お金を入れてダイヤルを回すとカプセルに入ったおもちゃなどが出てくる機械のことだ。

新しい星に着いて、地球一家がホストハウスへ向かう間、とにかくそこらじゅうで、ガチャポンを見かけた。

ガチャポンといっても、中に入っているのは、おもちゃばかりではない。この星では、文房《ぶんぼう》具《ぐ》や本など、様々なものがガチャポンで売られているらしい。大人も子どもも、ガチャポンを回しているし、大勢の人が行列を作っているガチャポンもある。この星ではガチャポンが、完全に生活の一部になっているようだ。

ホストハウスに着くと、リビングの本棚《ほんだな》に、ガチャポンで買ったという本が並べてあった。よく見ると、同じ本が何冊も並んでいる。

「この小説は5巻セットなんですけど、肝心《かんじん》の第1巻がなかなか出なくて。出るまでやってたら、2巻から5巻までがこんなにたくさん出てしまったんです」

ホスト《H》ファーザーがそう説明した。

「この星では、本が欲しければガチャポンで手に入れるしかないんです。ガチャポンでしか買えないものは他にもいろいろあります。おもちゃやアクセサリー、ちょっとした雑貨なんかもね。おかげで、同じ物がいくつもたまってしまうんです。全種類必ず入っているようにしておくのがこの星のガチャポンのルールですから、根気よく回していれば、必ずいつかは欲しいものが出ますけどね」

今回お世話になるホストファミリーは、若い夫婦で、2人ともガチャポンの中身を作る仕事をしているという。家の二階が作業場らしい。他の地球一家は観光に出かけることにしたが、ジュンとタクは興味をひかれて、家に残って仕事を見せてもらうことにした。

「私が作っているのは、このモンスターのフィギュアよ。全部で35種類」

ジュンとタクは、まずホスト《H》マザーの仕《し》事《ごと》机《づくえ》に案内された。

「うわぁ、よくできてる!」

タクが驚《おどろ》きの声を上げる。

「ありがとう。自信作なの。でも、最近売り上げが伸《の》び悩《なや》んでるのよね。最初はよかったんだけど、だんだん35種類コンプリートした人が増えてきちゃって。当たり前だけど、コンプリートした人はガチャポンをやらなくなってしまうから」

「モンスターの種類をもっと増やせないんですか？」

ジュンの質問に、浮かない顔でＨマザー《ホスト》が答える。

「元々テレビアニメのキャラクターで、登場するのはこの35種類だけなの。新しくデザインするには時間がかかるし……」

ジュンとタクは次に、Ｈファーザーの仕事机に案内された。

「僕が作っているのは、算数のガチャポンだよ」

「算数のガチャポン？」

ジュンが首をひねる。

「ガチャポンといっても、コンピューターの中のゲームみたいなものなんだ。ほら見てて」

Ｈファーザーがタブレットの端末《たんまつ》を手に取る。そこには、ガチャポンの絵が表示されていた。

「この星の学校では、一人ひとりにタブレットが配られていて、授業に使われているんだ」

そう言いながら、ガチャポンの絵のダイヤルの部分をタッチする。すると、絵が動いてダイヤルが回転し、ガチャポンからカプセルが飛び出すアニメーションが映し出された。

画面の中でカプセルが割れ、中から問題が出てきて表示される。

『問題No.《ナンバー》29　キャンディが1袋《ふくろ》につき2個入っています。袋は全部で15個あります……』

「こんな風に、タブレットの中のガチャポンから出てくる問題を子どもたちが解いて、端末上に答えを書き込むんだ。出た問題を解かないと、次のガチャポンを回すことができないから、みんな一生懸命《いっしょうけんめい》問題を解いている。算数が好きだという子は多くないけど、みんなガチャポンは大好きだからね。こうやって問題を出すことで、夢中になって勉強してくれるのさ」

「なるほど、これはすばらしいですね!」

ジュンが心からそう言うと、Hファーザーは微笑《ほほえ》んだ。しかし、やがて、さっきのHマザーと同じく、浮かない顔になった。

「でも、最近、ちょっと調子がよくなくてね。どのくらい問題が解かれているかということは、タブレットを通してこっちでもデータとしてわかるようになっているんだけど、この頃、問題を解かない子が、増えているようなんだ。今、問題が１００問しかないからね。全問コンプリートして、それでやめてしまう生徒が多いんだよ」

「それなら、問題をもっと増やせば？」

タクの提案に、Ｈファーザーは困った顔をする。

「できればそうしたいけど、問題を増やすのも簡単じゃないし……」

すると、ジュンが言った。

「そんなことありませんよ。数字だけ変えればいいじゃないですか。例えば、さっきのキャンディの問題なら、袋の数を16個や17個にするとか……」

Ｈファーザーは、目からうろこが落ちたように、ジュンを見つめた。

「それもそうだ。問題の形式がかぶらないようにしようとこだわっていたから、問題数も少なかったけど、数字を変えるだけなら簡単だ。今、問題は全部で１００問だから、数字の部分だけ変えた問題を１種類ずつ作るだけでも、問題数は倍の２００問になる！　よし、さっそく試してみよう！」

Ｈファーザーがパソコンを操作して、あっという間にプログラムを改良する。

「よし、数字をどんどん変えて、さっきのキャンディの問題１問を、１２０問まで増やしたよ」

「そ、そんなにたくさん？」

仕事の速さにタクが驚く。

「数字を変えるだけだから、プログラムを組めば、ほとんど自動でできるのさ。もう他の問題も同じように、それぞれ１００問以上ずつ増やした。問題の数は、一気に１万を超えたよ」

横で聞いていたＨマザーが言った。

「いいなあ、あなたは。私のも増やしたいけど、モンスターの形は決まってるんだもの……」

Ｈファーザーは少し考えて、それから言った。

「だったら、モンスターの色違いを作るというのはどうだ？　１種類のモンスターにつき、１００色くらい作れるだろ」

「それ、いい考え！　素材の色を変えて、35種類のモンスターを１００色ずつ作ったら、全部で３５００種類になる！　さっそく工場に発注するわ！」

なんだかずいぶん規模《きぼ》の大きい話になってきた。ジュンの提案が元とは言え、こんなにいきなりいろいろ変えて大丈夫だろうか。ジュンとタクは心配になってきた。

しかし、Hファーザーは、満面の笑みで喜んでいる。

「さぁ、これで簡単にコンプリートできないから、たくさんの問題を解いてもらえて、僕はもうかるし、子どもの学力も上がって、政府からもほめられる。いいことずくめだぞ!」

……翌日、Hファーザーはパソコンの前で頭を抱えていた。

パソコンの画面には、子どもたちの学習データが表示されている。

「おかしい。問題を増やしたのに、問題を解いている子どもが、昨日より大幅《おおはば》に減っている。みんなちっともガチャポンを回していないじゃないか! どうしてだ?」

これはもう、実際に学校の様子を見に行って確かめるしかない。Hファーザーは近所の小学校に連絡をとって、すぐに授業の見学に行くことにした。今日も仕事を見せてもらうことにしていたジュンとタクもついていく。夫の一大事なので、Hマザーも一緒だ。

算数の授業をしている教室へ行くと、生徒たちがタブレットに集中せず、おしゃべりばかりしている。先生の話では、いつもなら自習形式でも、みんなタブレットに夢中になって、問題を解いているはずだという。それが、今日は子どもたちが、みんなまるでやる気がない。

「キミたち、どうして算数のガチャポンをやらないんだい?」

Hファーザーが直接生徒に聞いた。

「だって、ガチャポンを回したら『問題No．1034９』なんて出てきてさ……」

「そう、問題数を1万以上に増やしたんだ。いいだろ？　何回でもガチャポンを回せるぞ！」

「だから嫌なんだ。こんなにたくさんあったら、一生かかってもコンプリートできる気がしない。コンプリートできないガチャポンなんて、やる気が起きないよ」

「そうだ、そうだ」と周りの子どもたちからも声が上がる。

Hファーザーは強いショックを受けた。

「そうか、僕は勘違《かんちが》いしていた。数が増えてコンプリートが難しくなれば、みんなは喜んでがんばるかと思ったが、実際にはあまりに目標が遠いと、逆にやる気を奪《うば》ってしまうんだ……」

「ただ、増やせばいいってものじゃないのね……。ああっ、それなら私も、モンスターの色違いの発注、今すぐ取り消ししなきゃ！　大失敗しちゃうわ！」

Hマザーがあわてて家に戻ろうとする。タクは、Hファーザーに声をかけた。

「そんなに落ち込まないで。すぐに元に戻《もど》せばいいじゃないですか」

Hファーザーはうなずいて、Hマザーと一緒に、家へ急いだ。

すぐにパソコンに向かい、またあっという間にプログラムを元に戻す。

「……ダメだ、問題を解く子どもの数が減ったままだ」

しばらく待ってから、データを確認して、Hファーザーがうなだれる。

「まだ、戻したばかりだからじゃないですか？」

「いや、この星の人はみんなガチャポンが大好きだから、たとえ算数のガチャポンでも、反応はすぐ出るはずなんだ。まだ何か問題があるのかもしれない！」

そこでHファーザーはもう一度、学校へ子どもを見に行った。ジュンとタクもまた一緒だ。

生徒たちは相変わらず、算数のガチャポンをまるでやっていなかった。

「キミたち、問題の数は戻っているんだよ……」

Hファーザーが言うと、子どもたちが意外そうな顔をした。

「え、元に戻ったんですか？　少しは勉強しようと思って、さっきちょっとやったんですけど、全然気づきませんでした。言われてみれば、問題のナンバーは小さい数だけだったけど、大きいナンバーが出てないだけで、どうせもっとたくさん問題があるんだろうと思って……」

Hファーザーが頭を抱《かか》え、しゃがみこんだ。

「そうか。子どもたちは一度大きい番号を見てしまっているから、問題の数を減らしても、たまたま出てないだけだと思って、気づかないんだ。通知を出すこともできるけど、興味を失ったガチャポンの通知を、どれだけの子どもがまじめに読むか……。ああ、もうダメだ……」

「元気を出してください。直接、しっかり口で説明すればわかってもらえますよ」

タクが言う。実際に、問題数が戻ったことを伝えると、子どもたちはまたタブレットでガチャポンを回して、集中し始めた。

「よかった……いや、よくない！　この学校はこれでいいけど、僕のガチャポンを使っている学校は、まだ全国に１００、いや２００はあるんだ……」

「大丈夫。２００校の学校を全部回って、説明するんです。ガチャポンより簡単ですよ。ちゃんとやれば、きっちり２００回でコンプリートできるんですからね。がんばりましょう！　子どもたちだって、１００問の問題ならコンプリートできるんです。やる気を失うような数ではありませんよ！」

そうジュンが言った。

ジュンとタクを見つめ、Hファーザーは、やがて決意したように微笑《ほほえ》んだ。

腹《ふく》話《わ》術《じゅつ》の芸

「こんにちは、リコちゃん。お元気ですか？」

星間シャトルの空港からホストハウスに向かう途中、ミサがそう言うと、地球一家のみんなは感心して声を上げた。

「すごいぞ、ミサ」

「本当、見事なものだわ」

というのも、今しゃべった時、ミサの口がまったく動かなかったからだ。

お世話になる星の人たちを、お返しに楽しませたい——そう思って、密《ひそ》かに練習していたミサのかくし芸の腹話術が、とうとう完成の域《いき》に達したのだ。

まず最初に、この星のホストファミリーをびっくりさせよう。

ミサはワクワクしながら、ホストハウスへの道を歩いた。

ホストハウスに着くと、ホストファミリーの娘のカルラが地球一家を出迎《でむか》えた。

「いらっしゃい」

カルラが微笑《ほほえ》む。最初の挨拶《あいさつ》から、腹話術を使って見せて、ホストファミリーの度肝《どぎも》を抜《ぬ》いてやろうとミサは考えていた――のだが、カルラが挨拶するのを見て、口を閉じて話すどころか、口をポカンと開けて、言葉を失ってしまった。

カルラがしゃべった時、その口は、閉じたままでまったく動いていなかったからだ。

そこに、ホスト《H》ファーザーとホスト《H》マザーもやってきて、地球一家に声をかけた。

「さあ、皆さん、そんなところに立っていないで、中にお入りください」

「遠慮《えんりょ》せずにどうぞ」

そう言うH《ホスト》ファーザーとHマザーの口も、まったく動かない。

まさかホストファミリーが先に腹話術をやってくるとは思ってもいなかったミサは、驚《おどろ》きを通り越して、呆然《ぼうぜん》としてしまった。もちろん、他の地球一家も同じ気持ちだ。

「この星では、腹話術が流行しているんですか？　それとも、この家の皆さんの趣味ですか？」

ジュンが尋《たず》ねると、Ｈファーザーが微笑んで答えた。

「腹話術？　どういうことですか？」

ジュンが腹話術がどういうものかを説明すると、Ｈファーザーが言った。

「何か勘違《かんちが》いしてらっしゃいますね。私たちは普通に話しているだけなんです」

そして、地球一家をリビングまで案内すると、テレビをつけた。

そこに映った人々は、みんな口を動かさずに話している。かくし芸の番組をやっているわけではない。ドラマでもニュースでも、みんな口を閉じたまま声を出している。まったく口が動かないので、録画した映像に後から声をつけ足したかのように見える。とても奇妙だ。

「おわかりになりましたか？　これが、この星のふつうのしゃべり方なんです。みんな、生まれた時から、ずっとこうなんです」

Ｈマザーの説明に、ミサが心から驚いて言う。

「よくこれだけ口を動かさずに、こんなしっかりしゃべれますね」

腹話術を練習していただけに、その難しさがよくわかるのだ。

「私たちから見れば、地球の皆さんのように、口を動かして話すほうが驚きですよ」

Ｈファーザーの言葉を聞いて、ミサは尋ねた。

「ということは、皆さんは逆に、口を動かして話すことはできないんですか？」

「ええ、ふつうはできません。ふつうはね……」

その時、カルラがテレビを指さして声を上げた。

「あ、お兄ちゃんだ」

見ると、テレビに1人の若い男性が映っている。地球一家は「え？」と思った。彼だけは、なんと口を動かしてしゃべっているのだ。

「今映ったのは、うちの息子のザルトです。たまにテレビにも出る腹話術師なんですよ」

Ｈマザーが言う。

「え？　今のが腹話術？　口を動かして話すのが腹話術なんですか？」

タクが驚いて聞くと、Ｈファーザーはうなずいた。

「そう。この星では、口を動かして話すことを『腹話術』というんです」

地球とはまるで反対だと地球一家は思った。

「そうだ、皆さんにお知らせがあります。今晩、隣町《となりまち》との親睦会《しんぼくかい》をやるんですが、ぜひ参加していただきたいんです。地球の方々に会える機会なんて、なかなかありませんから、みんな楽しみにしていています。出し物対決をやることになっていて、息子も我が町の代表として出るんですよ。地球の皆さんは、口を動かして話すのが当たり前だから、息子の腹話術を見ても、ちっともおもしろくないでしょうけど、他にもいろいろ出し物はありますから」

他の星の『出し物』が楽しくないはずがない。地球一家は、喜んで、参加することにした。

その日の午後、ミサがホストハウスのよく手入れされた庭を歩きながら、眺《なが》めて楽しんでいると、外からザルトが帰ってくるのが見えた。

「お帰りなさい。ザルトさんですね。さっきテレビで見ました」

「あれ、あなたは？　あなたも腹話術師ですか？」

「いいえ、私は今日泊《と》めていただく、地球から来たミサです」

「なるほど、噂《うわさ》には聞いていましたが、地球の方は、本当に見事に口が動くんですね」

そんな風に話すザルトの口も、ミサと変わらず動いている。

「ザルトさんは、舞台で見せる時じゃなくても、ふだんから、そうやって口を動かして、つねに練習しているんですね」

ミサは尊敬するような口ぶりで言った。しかし、ザルトは少し顔を曇《くも》らせて答えた。

「違うんです。実は僕は、地球の方々と同じで、生まれた時からこの話し方なんです。この国には、僕と同じような人が何人かいて、みんな腹話術師をやっています。僕も含《ふく》めてみんな、練習なんかしたことがありません。普通にしゃべるだけで、見る人は大喜びですから」

「それは幸運ですね。みんなを喜ばせられる芸が、生まれつき身についているなんて」

自分も、あんなに練習せず腹話術ができたなら、どんなに楽だったろう。心からうらやましく思って、ミサはそう言った。けれど、ザルトは首を横に振った。

「いいえ、とんでもない。周りがどんなに喜んでいても、僕は嬉しくありません。だって、僕は普通に話しているだけなんですよ。努力もしないで身につけたものなんて、芸でも何でもありません。腹話術でお金は稼《かせ》げますから、『一生食べるのに困らなくていいね』なんて言われますが、逆に言うと、僕はそれ以外を見てもらえないんです。何よりもまず『口を動かして話す人』と思われて、みんなそれで僕を理解した気になって満足してしまう。僕のそれ以外の部分なんて、目に入らないみたいに……」

軽くうつむいたザルトを見て、ミサはさっきの自分の言葉を後悔した。ザルトの気持ちも知らないで、自分はなんと軽率《けいそつ》なことを言ってしまったのだろう。

「もちろん、口を動かして話すのは、一つの個性です。これを活かして生きていくことも、悪いことじゃない。だけど、僕は、できれば両親や妹やほかの大勢と同じように、口を動かさずに話せるようになりたい。でも、それができない」

「練習したことはあるんですか？」

ミサが聞くと、ザルトはうなずいた。

「はい。でも、うまくいきませんでした。やり方がわからないんです。家族や周りのみんなに、どうやったら口を動かさずに話せるのか、何度も聞きました。けど、当たり前すぎるので、逆《ぎゃく》に説明できないんですよ。みんな何も考えず、自然にそうしているので。例えば、もともと口を動かして話していて、口を動かさずに話すことに成功したという人がいれば、その方法を聞けるのですが……そんな人は、この国に１人もいないんです」

なるほど。そうなのか……あれ、でも、それって……。ミサはハッとした。そして叫《さけ》んだ。

「いますよ。今、ここにいます。私です。私は、ふだんは口を動かしていますけど、練習して、口を動かさずに話せるようになりました」

実際に、ミサが口を閉じて話して見せると、ザルトは目を丸くした。

「私、この国には今日一晩しかいられないんです。ザルトさん、今すぐ、練習を始めましょう。どこまでできるかわかりませんが、私、あなたの力になりたいんです！」

ミサが勢《いきお》い込《こ》んで言うと、ザルトは少しの間、考え込んでいたが、やがて力強くうなずいた。

「いくつかコツがあるので、まずそれを教えますね。一つ目のポイントは……」

ザルトは、熱心にミサの説明に耳を傾《かたむ》けた。庭に突《つ》っ立《た》ったまま、２人は向かい合って、夢中になって練習を続けた。

すっかり暗くなった頃、他のホストファミリーと地球一家が庭に顔を出した。

「探したぞ、ミサ、こんなところにいたのか」

「ああ、ザルト。よかった。帰っていたか。隣町との親睦会が始まる時間だから、急がないと」

父ノブとHファーザーがそれぞれに声をかける。

「え、もうそんな時間？」

ずっと集中していて、時間が経《た》つのも忘れていた。

「残念、練習はここまでね。ザルトさんは親睦会の出し物をしないといけないから」

ミサが笑う。すると、Hファーザーが言った。

「実はそのことなんですが、さっき連絡があって、ザルトはもちろんですが、せっかくだから、地球の皆さんにも舞台に立っていただきたい、という話になったんです」

「ええっ⁉」

地球一家全員が声を上げた。ミサ以外の家族も、今初めて聞いたらしい。

「地球の方々は、ただいつも通りに話していただくだけでいいんです。そうやって口を動かして話すだけで、我々にとっては驚きですから。この星の腹話術師と地球の方々の共演！　これはすばらしいことですよ！」

親睦会の会場に行くと、もうみんな、地球一家が舞台に立つと期待して、目を輝《かがや》かせていた。とても断れる雰囲気ではない。そのまま勢いに流されて、気づけば、地球一家はみんな、ザルトと一緒に舞台の上に出ていた。

気の弱いタクはもちろん、地球一家は緊張でみんなガチガチだ。

「ど……どうも」

やっとのことで、ミサが絞《しぼ》り出《だ》すように声を出した。すると……ドッと会場が湧《わ》いた。

あまりの反応に地球一家はびっくりした。噂でだけ聞いていた、口を動かして話す地球人の姿《すがた》が見られて、よほど嬉しいらしい。ちょっとつぶやくだけで、会場は大盛り上がり。普通に話しているだけでウケるのだから、こんなに楽なことはない。地球一家もだんだんい い気になって、緊張も解けてきた。

ミサは、舞台がうまくいきそうで、ホッとした。でも、しだいに、なんだか変な気分になってきた。自分は何も特別なことをしていないのに、周りはどんどん盛り上がる。会場の人たちが、熱くなっていくほど、自分は冷めていくような感覚。いつの間にか、ミサはひどく孤独な気持ちになっていた。もしかしてザルトは、いつもこんな気分を味わっていたのだろうか。

ミサはザルトに目を向けた。舞台の上でザルトは微笑んでいたが、なぜかミサには、それが寂《さび》し気《げ》な顔に見えた。次の瞬間、ミサは叫んでいた。

「ちょっと待って！」

調子に乗って話していた地球一家の家族は、驚いて口を閉じた。会場の観客も静まり返る。

ミサはゆっくりと、はっきりした声で、観客に向けて話し始めた。

「私たち地球人が、口を動かして話すことは、驚くべきことに見えるでしょう。でも、地球では珍しいことではありません。実は今日は、皆さんを楽しませたくて、別に練習してきた芸があります。今から、私が地球の腹話術をご披露《ひろう》します。まだまだ下手ですけど、見てください」

ミサは口を動かさずに話し始めた。

「こんにちは。私は地球から来たミサです」

苦労して覚えた腹話術。でも、この星では当たり前の話し方。観客は、しんと黙《だま》ったままだ。

「地球人にとっては、口を閉じて話すのは、とても難しいことなんです。でも、たくさん練習してできるようになったので、ぜひ見てほしかった。そして、同じように努力した人が、もう一人います」

口を閉じたまま、そう言って、ミサはザルトを見た。ザルトは一瞬とまどったが、やがて意を決したように、ミサの隣に並んだ。そして――。

「僕の……名前は……ザルト……です」

たどたどしく、しかし、口を閉じたまま、ザルトは言った。観客からは、声一つ上がらなかった。けれど、ザルトは満足そうに微笑んでミサを見た。ミサも微笑み返した。

その時、いきなり、「ワッ！」と会場が、大歓声《だいかんせい》に包まれた。

「すばらしい！　私たちは、他の星の方が、これほど見事に、私たちの星の話し方をするのを、見たことがありません。ザルトくんのことも、町の人は子どものころから知っていますが、まさかこんな風に話せるとは思いもよりませんでした！」

興奮して司会の男が叫ぶように言う。ミサとザルトはキョトンとして、それからもう一度、目を合わせると、２人で吹《ふ》き出《だ》して大笑いした。

最終的に、出し物対決は44対45、１点差で、ザルトたちの町が負けてしまった。

でも、町の人々の中で、ザルトとミサを褒《ほ》めない者はいなかった。

「僕は口を動かして話すのが、恥《は》ずかしかったわけじゃないんです。ただ、他にもいろんなことができるんだって、知ってほしかった……」

翌日、旅立つ地球一家を空港まで見送りに来て、ザルトはそう言った。

「ミサさん、本当にありがとうございました。このご恩は一生忘れません」

ザルトの差し出した手を、ミサが微笑んでつかむ。２人は互いの手を固く握《にぎ》りしめた。

アイデアは土の中

「タクって、旅行中に出会った女の子のことばかり、日記に書いてるのね」

次の星に向かうシャトル船の中、ミサの言葉に、タクはハッとした。

いつの間にか、ミサがタクの日記を勝手に読んでいる。書いている途中で、眠くなってうつらうつらしているうちに見られたらしい。

「ちょっ……！　見ないでよ！」

タクは、あわてて日記を奪《うば》い返《かえ》した。

「何よ！　ちょっとくらい、いいじゃない」

タクはミサに腹が立ったが、それよりも恥《は》ずかしさのほうが強かった。

タクは日記に、大した話でもない、どうでもいいようなことばかり書いていた。

ミサに読まれて、人の目に触《ふ》れたことで、タクは自分の日記のくだらなさが浮《う》き彫《ぼ》りになったように感じて、ひどく恥ずかしくなったのだ。

なんでこんな日記を書いたんだろう。もう、これ以上書くのは止めて、日記を捨ててしまいたい。でも、捨てたのを誰かに拾われて読まれたりしたら……。

「捨てたものがすぐ消えてしまう、便利なゴミ箱があればいいのに」と、タクは思った。

星間シャトルの空港に着き、新しい星に降り立つと、地球一家はさっそくホストハウスへ向かった。

街並みや、道行く人々の様子は、地球と比べて、それほど違うようには見えない。ただ一つ、少しだけ気になるところがあった。

「どこの家の庭も、土が耕《たがや》してあるみたいですけど、みんな何か植えるんですか？」

ホストハウスに着いてから、ジュンはホストファミリーに質問した。

空港から来るまでの間に見たどの家の庭も、何度も掘《ほ》り返《かえ》して混ぜたように、土が柔《やわ》らかそうに見えた。花を植える前の花壇《かだん》みたいな感じだ。そして、どの庭も、片側が黒い土で、もう片側が赤い土になっていた。

「いや、何も植えないよ」

そうナバトが答えた。今回のホストファミリーは一緒に暮らしている兄妹で、ナバトは兄のほうだ。妹のネルサが続けて言う。

「あの土は、言ってみれば、私たちのゴミ箱なの」

庭の土がゴミ箱？　不思議がるジュンに、ネルサがさらに説明する。

「この星の土には、とても多くの微生物《びせいぶつ》が住んでいるのよ。土の中にゴミを埋《う》めると、たいていのゴミは、その微生物たちが分解して、土に還《かえ》してくれる。だから、この星では、家で出たゴミはみんな庭の土に埋めて片づけてしまうの。この方法は環境にも優しいからね」

「地球でも、土の中の微生物がものを分解したりはしますが……毎日ゴミを埋めていたら、分解が追いつかなくて、庭がゴミだらけになってしまいませんか？」

父ノブが尋《たず》ねると、ナバトが、「そうじゃない」というように首を振った。

「この星の土は特別なんですよ。特に赤い土のほうは微生物が多くて、ゴミを埋めると、一時間後には消えてなくなってしまいます。黒い土のほうだと、ゴミが消えるまでに一年かかりますが、その分、後になって、やはり捨てなければよかったと思ったら、掘り返すこともできます。2つの土を使い分けて、うまくゴミを処理しているんです。逆に土に埋めなかったら、家がゴミだらけになってしまいますよ。特に僕らのように、紙をいっぱい使う仕事ですすとね」

「紙をいっぱい使う——そういえば、まだお聞きしていませんでした。お2人はどんな仕事をなさっているんですか？」

母ユカが尋ねると、まずナバトが、続けてネルサが答えた。

「僕は、あまり売れていない小説家です。世に出る作品は、まだちょっとした短編くらいで」

「私は、あまり売れていないマンガ家です。連載《れんさい》はまだもてていなくて、読み切りの短編ばかり描いています」

小説家にマンガ家！　地球一家の子どもたちは、2人に憧《あこが》れの眼差《まなざ》しを向けた。

「2人とも、そういう仕事だと、お互いにアイデアを出し合えたりして、よさそうですね」

そんな父ノブの言葉を、ナバトはキッパリと否定した。

「いいえ。兄と妹、小説家とマンガ家とはいえ、私たちは互いに創作を仕事にするライバルなんです。自分のアイデアを相手に話すことはありません！」

地球一家の子どもたちは興味津々《きょうみしんしん》で、ナバトとネルサの仕事を見せてもらうことにした。

2人とも、今は新しい作品のアイデアを出すのに苦労しているらしい。ホストファミリーとして地球一家を受け入れたのも、刺激がほしかったからだという。

紙をいっぱい使うと言っていた通り、ナバトもネルサも実際にペンを手に持って、紙にあれこれとあらすじを書いたり、絵を描いたりしていく。

「本格的な作業に入ったら、コンピューターも使うけど、今はアイデアを練っているところだから。実際の紙とペンで手を動かしたほうが、アイデアが出やすいの」

そう言いながら、ネルサは簡単な絵で、マンガを描いていく。ネームという、マンガのラフのようなものらしい。しっかりした絵ではないけれど、キャラの表情や動きは十分にわかる。

「わぁ、おもしろいマンガですね！」

横からのぞいていたミサが思わず声をもらす。ところが、ネルサはため息をつくと、紙をクシャクシャと丸めて、窓を開けて庭の黒い土のほうに放り投げて捨ててしまった。

黒い土の上に落ちた紙は、これも微生物の働きのせいなのか、そのまま土の中に沈《しず》み込《こ》んでいき、見えなくなった。ミサは残念そうな表情を浮かべる。

「もったいない！　本当におもしろかったのに」

「あんなのじゃ、他の人の作品に勝てない。おもしろいと言ってくれたのは嬉しいけど」

ネルサの声は、いいアイデアを出せない自分にガッカリしているようだった。

すると、今度はナバトが書きかけの小説を丸めて、窓を開けて赤い土のほうに放り投げた。

ナバトが書いているのを見ていたリコが、少し驚《おどろ》いたように言う。

「とってもおもしろい話だったのに」

「いや、ありきたりさ。ボツだ。いいアイデアはそんな簡単に浮かばないよ」

ナバトはキッパリと言った。

「でも、赤い土に投げ込んだら、1時間後には取り戻せなくなっちゃうんでしょ?」

「いいんだ。自分で一度読んでつまらない物は、どうせ何度読んだってつまらないよ。僕はいつも赤い土を使っている。後悔したことはない。さあ、新しいアイデアを練るとしよう」

そんなナバトを見ながら、ネルサがため息をついてつぶやいた。

「やっぱり私は駄目《だめ》ね。ナバトのような思いきりがないもの。私は、ボツにしたマンガを、いつも黒い土に捨ててしまう……自分の情《なさ》けないアイデアを掘り返して見直す度胸なんてないのに、捨てる瞬間は、アイデアを消してしまうことが、どうしても不安になってしまうの」

ものを作る人には、いろいろと苦労があるのだな——とミサは思った。しかし、それはそれとして、ボツになったネルサのマンガが、あの黒い土の中には、たくさん眠っているのだ。

仕事を近くで見ていて、ミサはすっかりネルサのマンガが好きになってしまった。ぜひもっと読みたい。そこで、ミサはスコップを借りて、黒い土を掘り返すことにした。

ネルサは少しためらったが、元々気弱なので、ミサの勢いに流されてしまった。ネルサの許《ゆる》しを得《え》たミサは、タクとリコにも手伝わせて、ザクザクと土を掘り始めた。

やがて土の中から、丸めた紙がポロポロと出てきた。ミサはそれを広げては読んでいく。掘っては読み、掘っては読み……ミサのそばに掘り出された紙が積み重なっていく。

ミサたちがずっと夢中になってそうしているので、ネルサはだんだん不思議に思えてきた。土の中にあるのはすべてボツになったアイデアだ。おもしろいものはないはずなのに――。

とうとうネルサは、ミサが掘り起こした紙を1枚とって、自分のマンガを読み返してみた。

「え？　何これ？」

ネルサの口から、ポロリと言葉が漏《も》れた。

「私が描いたマンガ……こんなにおもしろかったっけ!?」

ネルサは次々に、ミサの掘り起こしたマンガに目を通していく。おもしろい。もちろん全部がではないけれど、どうしてボツにしたのかわからないほどのものも少なくない。

わけもわからず、ネルサがマンガを眺めていると、父ノブとナバトが庭に顔を出した。

「やぁ、みんな、そろそろご飯に……どうしたんだい？ こんなに土を掘り返して」

ナバトに聞かれて、ミサとネルサが理由《わけ》を話した。すると、父が「なるほど」とうなずいた。

「昔作ったアイデアがおもしろく感じるのは、きっと、アイデアを寝《ね》かせたからでしょうね」

「アイデアを寝かせる？」

ネルサが首をひねる。

「モノやアイデアは出来上がった時にいいと思わなくても、日にちが経ってから見直すと、感じ方が変わることがあるんですよ。出来上がったばかりの時は、思い入れや、作り手としての感情が強くて、なかなか客観的な判断ができません。でも、しばらくしてからだと、落ち着いて見ることができる。見えていなかった魅力《みりょく》や可能性が目に入るようになるんですよ。僕も仕事で企画を作るときは、出来上がってから、2、3日寝かせるようにしています」

「アイデアを寝かせる……そんなこと考えたこともなかった」

ネルサがつぶやくと、ミサが言った。

「いらなくなったら捨てれば、すぐに消してしまえる。そんな便利なゴミ捨て場があるだけに、この星の人は、なかなかそういうことに気づかないのかもしれないわね」

「……ということは、私が捨てたアイデアは、見直したら、どれも光るところが見つかるかもしれないということですよね。すみません、ミサさんたち、手伝ってもらえますか？　私、ここに埋まっている捨てたマンガを、全部掘り返したいんです！」

「もちろん！」

タクとリコに確認もせず、ミサは答える。その時、ふとミサは、ナバトが少し悔《くや》しそうな表情をしているのに気づいた。

仕方がないことだろう。ライバルのネルサが、アイデアを寝かせたことで、うまくいきそうになっている。しかし、ナバトのほうは、１時間でモノが消えてしまう赤い土にこれまでアイデアを捨ててきた。もう今さら掘り返すことはできないのだ。

すると、ネルサがナバトに、さっき掘り起こしたマンガを差し出した。

「ねぇ、ナバト。このマンガを読んでほしいの」

「同情してるのかい？　アイデアをわけてくれるつもりなら、そんなの……」

「違う。そうじゃないの」

ネルサにマンガを押しつけられて、ナバトはしぶしぶ目を通した。そして目を見開いた。

「こ、これは……。僕の作ったアイデアじゃないか！」

ネルサがナバトに頭を下げる。

「ごめんなさい……。実は、ナバトのアイデアがどうしても気になって、ナバトが赤い土に捨てた後、いつも１時間以内にこっそり掘り返していたの。どれも、すごくいいアイデアだったから、マンガにしてみたくなって……。だけど、ナバトのアイデアを私が使って世に出すわけにはいかないから、描くだけ描いて、マンガは捨ててしまっていたの」

「……ってことは」と、そこでミサが口をはさんだ。

「ナバトさんのアイデアも、マンガの形になってはいるけど、全部、消えずに黒い土の中にあるってこと？　やった！　よかったじゃないですか、ナバトさん！」

ナバトはマンガを見つめながら言った。

「よかった。でも、それだけじゃない。このアイデアは、もともとは僕のだけど、僕が作った時より、もっとよくなっている。……そうか、アイデアを寝かせると、客観的に見られる。でも、他にも客観的な目を持つ方法がある。それは、自分じゃない人に見てもらうことだ。僕の目ではわからないことが、ネルサの目ではわかったんだ」

それを聞いて、ミサはさらに微笑《ほほえ》んで言った。

「それなら、これからは、2人でアイデアを見せ合って、意見を言い合えばいいじゃないですか。きっとお互いの作品がもっとよくなりますよ。それから、このマンガみたいに、ナバトさんの話を、ネルサさんがマンガにして、一緒に作品を作ったっていいじゃないですか」

ナバトはネルサを見た、ネルサもナバトを見つめ返す。

「僕は、兄妹でもライバルだなんて固く考えて、視野が狭《せま》くなっていたのかもしれない」

ナバトが微笑むと、ネルサも微笑んだ。2人ともお互いの中に、新しい可能性を見ているかのようだった。

ミサはそんな2人を見守っていたが、ふと気づくと、タクがこそこそ地面を掘っている。

「何掘ってるの……あ！　それ、あんたの日記じゃない」

タクはギクッとした。実はミサがネルサのマンガを掘り返そうとする前に、タクは日記を黒い土の中にこっそり捨てていたのだ。マンガと一緒に日記まで掘り返されてはたまらないと、ミサを手伝うふりをして、ひそかに回収しようとしていたのだが、見つかってしまった。

「こんなことなら、赤い土のほうに埋めとけばよかった……」

「どうせ、いざ捨てる時になったら、すぐに消えてしまうのが、なんだか惜しくなったんでしょう。でも、その気持ちってきっと大事よ。その日記だって、くだらないことばかり書いているように思えるかもしれないけど、アイデアを寝かせるのと同じで、時間が経ってから読んだら、とても大切な思い出になっているかもしれないわ」

ミサの言葉に、タクは微笑んだ。その瞬間、油断したタクの手から、ミサがサッと日記を奪《うば》い取《と》った。

「でも、他人が読む分には、わざわざ寝かせなくてもいいわよね。さっきのアイデアと同じで」

タクは日記を取り返そうとしたが、ミサは笑って日記を読みながら、庭中を逃げ回った。

食事の時間です

「今、何時だ?」

父ノブが聞くと、腕時計《うでどけい》を見てジュンが答えた。

「11時56分」

「まずいぞ、約束の時間まであと2分しかないじゃないか!」

「午前11時58分にお越《こ》しください」――この星に来る前に、地球一家はホストファミリーから、
そんなメッセージをもらっていた。

「それにしても、ずいぶん細かい時間指定よね」

ミサが言う。

「もしかしたら、この星の人は、ものすごく時間に厳しい人たちなのかもよ」

思いつきで、タクはそう言ったが、地球一家は「それもありえる」と思った。星が違えば、

価値観も地球と違って当たり前なのだ。

「だとすると、遅刻したら、ものすごく怒られるかもしれないな。ご自宅に泊《と》めてくれないなんてことも……」

ジュンがボソリとつぶやく。地球一家は顔を見合わせて、地図が示すホストハウス向かって、一目散《いちもくさん》に駆《か》け出《だ》した。

「すみません、11時58分の約束だったのに、3分も遅刻してしまって……」

ぜぇぜぇと息を切らして、父ノブは言った。

遅刻してきた地球一家を迎え入れたホストファミリーは、カンカンに怒って……なんてことはなかった。むしろ、全員が肩《かた》で息をしている地球一家を見て、目を丸くしている。

「いえ、全然大丈夫ですよ。うちは12時28分に昼食を食べ始めるので、ぜひご一緒にと思って、余裕をもって30分前にお呼びしただけですから」

「12時28分に昼食ですか……？」

また細かい時間が出てきたな、とミサは思った。しかし、ホストハウスに来る時間と違って、この時間は本当に厳しく細かい時間だということを、実際に昼食を食べるときになって、地球一家は思い知ることになる。

食事の時間、テーブルにおいしそうな料理が並んだ。ホストハウスに来るまでに大急ぎで走ってきたので、おなかの空いた地球一家は、すぐにでも食べ始めたかった。ホスト《H》ファーザーもホスト《H》マザーも席についていて、準備は整っている。しかし、H《ホスト》ファーザーが地球一家を止めた。

「少し待ってください。12時28分まで、あと15秒ありますから」

あまりに細かいその言葉に、地球一家が驚《おどろ》いているうちに時計の針が動いて……。

「よし、さぁ、食べましょう！」

本当に12時28分0秒ぴったりに、ホストファミリーがご飯を食べ始めた。

母ユカがたずねる。

「こちらでは、毎日こんな時間ぴったりに食べ始めるんですか？」

「まさか。なかなかぴったりとはいきません。お恥《は》ずかしいことに、10秒や、20秒も遅れてしまうこともしょっちゅうなんですよ」

Hマザーが少し顔を赤くして答える。たった10秒の遅れで恥ずかしいなんて！

耳を疑《うたが》う地球一家に、Hファーザーが笑って言った。

「この星では、みんな規則正しく食事することを心がけているんです。それで食事の時間は、毎日同じに決まっているんですよ。家で食べる時も、外食する時も、例えば昼食は12時28分、夕食は18時28分というようにね」

「でも、それだと外食の場合、同じ時間に多くの人が来たら、レストランが混んで入れないんじゃないですか？」

ジュンが尋ねると、Hファーザーはすぐ答えた。

「大丈夫《だいじょうぶ》です。うちは12時28分の家だけど、よその家は12時43分だったり、12時58分だったり、いろいろなんです。規則正しいとは言っても、時間は家によって違います」

なるほど、と思いながらスープをすくって口にしたミサがつぶやいた。

「あれ、スープが冷めてる」

「この星では、これが正しい温度なんです。熱いものが苦手な人でも、ちゃんと時間通りに食事が始められるように、どの料理もぬるくなっているんですよ」

地球一家は半《なか》ば呆《あき》れながらHファーザーの話を聞いた。

「そうやって、いつも細かく食事の時間を守るのって、大変じゃありませんか?」

ジュンが聞くと、Hファーザーは「とんでもない」と首を横に振った。

「毎日規則正しく食事をしていると、自然と体がその時間に合わせるようになるんです」

「体が覚えるんですよね。それに、食事の時間がハッキリ決まっていると、それが目安になって、逆《ぎゃく》に他の予定も立てやすいんですよ」

Hマザーの言葉に、Hファーザーがうなずく。

「その通り。みんなが規則正しく食事をすると、社会としても無駄《むだ》が減ります。中途半端《ちゅうとはんぱ》な時間に店を開けておく必要もありませんからね」

「何より、規則正しい生活は健康にいいんですよ。この星は、他の星と比べても、不健康な人がとても少ないと思いますよ。規則正しい食事は、この星の人間にとって誇《ほこ》りですわ」

そう言って、HマザーとHファーザーは胸を張った。

食事のあと、町を観光すると、2人の言葉が嘘《うそ》でないことがよくわかった。

道行く人は、みんな太りすぎも痩《や》せすぎもせず、誰もが健康的に見える。混雑して客をいつまでも待たせたり、店員が忙しさに悲鳴を上げているような飲食店もない。みんなが規則正しく食事をしていることで、本当にこの星は、すべてがうまく回っているのだ。

地球一家はひどく感心して、夕食に遅れないように観光から帰ってきた。

夕食の時間は18時28分。食べ始めるまで、あと数分だ。Ｈマザーがシチューの入った大きい鍋《なべ》を持って、みんなのいるテーブルのほうへやってきた。

「人数が多いと、料理も作りがいがあるわ。たくさん作ったから好きなだけ……きゃあっ！」

その時、Ｈマザーが足をもつれさせて、思いっきり転んだ。

テーブルの上の料理が全部ひっくり返って、鍋から飛び出したシチューがリコに降りかかる。

「リコっ、大丈夫っ!? やけどはっ？」

悲鳴を上げる母ユカに、リコが答える。

「……平気。ぬるいシチューだもん」

規則正しく食事をするため、熱々の料理は出さない――そんなこの星の文化のおかげで助かった。とは言え、頭からシチューをかぶったリコは、ひどいことになっている。

「本当にごめんなさい！　リコさんは、バスルームで体を洗って。お皿が割れてるかもしれないから、みなさん、気をつけてください。それから、ええと、ええと……」

Ｈマザーと Ｈファーザーがあわてて、ひっくり返した料理を片づける。地球一家も手伝ったが、なぜか、Ｈファーザーと Ｈマザーの動きがどんどん鈍《にぶ》くなって、やがてへたり込んでしまった。

「ど、どうしたんです？」

ミサが聞くと、Ｈファーザーが弱々しい声で答えた。

「すみません、どうにもお腹が空いて、力が出なくて……」

「ええっ？」

時計を見ると、18時34分を指している。

「まだ5分くらい遅れただけじゃないですか」

しかし、Ｈファーザーと Ｈマザーは、今にも倒れてしまいそうなほど、フラフラしている。

「この星の人たちは、ふだん、食事が遅れたとしても5秒や10秒という人たちなんだ。数分食事が遅れるというのは、きっと私たちで言えば何日も食事が食べられないような苦しみなんだよ」

父ノブが、そう分析《ぶんせき》した。母ユカがすぐ何か作って食べさせようと冷蔵庫を見てみるが、今日の夕食のために食材を使い切ってしまったらしい。

「家の裏にレストランがあったはずだ。そこに連れて行こう！」

ジュンの言葉で、地球一家はHファーザーとHマザーに肩を貸して、レストランに急いだ。

しかし、レストランに入ると、ウェイターが申し訳なさそうに言った。

「すみません、ただいま満席でして。お客様は、よく18時28分に食事をしにいらっしゃる方ですよね。今は、18時40分の方々がちょうど食べ始めたところで……」

いつも決まった時間に、決まった人数しかこないので、必要以上の席は用意していないのだ。

他に食事ができるお店はないか聞くと、1キロほど先にラーメン屋があるという。でも、ホストファミリーの2人は、もうとてもそこまで歩けそうにない。

「とにかく、何か食べ物を買ってくるんだ！　近所にスーパーがあっただろう？」

父に言われて、ジュンとミサがスーパーへ走る。

間もなく2人は帰ってきたが、その手には何もなかった。

「スーパーに行ったけど、今の時間は営業してなかったんだ！」

「きっと、食事の時間が決まってるってことは、そのために食べ物を買う時間も、ある程度決まっているのよ。この辺には多分、この時間帯に買い物をする習慣の人がいないんだわ。開けてても誰も来ないから、閉めているのよ！」

ホストファミリーの2人は、もう限界だ。どうしよう——その時、タクが大声を上げた。

「あっ！　そういえば、移動中に食べるためのお菓子がまだ余ってた！」

タクが急いで部屋からお菓子を持ってくると、ホストファミリーは一心不乱《いっしんふらん》にお菓子にむさぼりついた。

「ああ、助かった。危うく病院送りになるところでした……。本当にありがとうございます」

「すぐに料理は準備できませんから、すみませんが、皆さんは外で食べてきてください。ラーメン屋なら、住宅街から少し離《はな》れているので、きっと空いていると思います。私たちは今のお菓子で十分です。規則正しくない時間に食べ過ぎると、それはそれで体調を崩《くず》しますから」

Hファーザーとﾋマザーが落ち着いたのを見て、地球一家はホッとした。

ラーメン屋へと歩きながら、ジュンが言った。

「規則正しいのって悪くないなと思ったけど、あんまり厳密《げんみつ》にやりすぎると、やっぱり不具合が出てくるんだな。ちょっとズレただけで、いろいろかみ合わなくなっちゃうし……」

「何事も、行き過ぎはよくない。『過《す》ぎたるは及《およ》ばざるがごとし』ってことさ」

父が言う。

「けど、この星のラーメンは楽しみだな。こんなに食事の時間に正確なんだもん。麺《めん》のゆで時間も、固すぎず柔《やわ》らかすぎず、きっちりいい感じになってそうじゃない?」

期待しながら言うタクに、体を洗ってシチューを流したばかりのリコがささやいた。

「でも、生ぬるいんだよ?」

エピローグ

Chikyuikka
ga
ojyama
shimasu

epilogue

「ミサ、起きて……。もう起きなさい、ミサ……」

母の声に「う〜ん……」と身をよじって、ミサは目を覚ました。

「もう次の星に着いたの？」

「次の星？　いったい何を寝《ね》ぼけているの？」

そう言われてミサは、あたりをキョロキョロと見回す。シャトル船のシートではない。地球の家――暖かい日の光が差し込むリビングのロッキングチェアで、ミサは眠っていたのだ。

「あれ？　第二地球群《だいにちきゅうぐん》の旅行は？　もう帰ってきたんだっけ？」

「『第二地球群』？　なに、それ？」

あわてた様子のミサを見て、母が笑う。「何だ、どうした」とジュンやタク、リコと父もやってきた。ミサは、同意を求めるように旅の話をしたが、誰も覚えていない。

ミサは、考えこんだ。そして、一つの結論にたどりついた。すべて夢だったのだ。でも、どこから？

「ずいぶんおかしな旅をしたらしいね」

ちょっとからかうように、ジュンが言う。

「たしかに、思い返してみれば、夢としか思えない話だわ。地面が動いて上り坂と下り坂が逆になっちゃう星とか、お土産やお返しを渡されたら、どんなにいらないものでも、絶対受け取らないといけない星とか……。どの星も、地球に似てはいるんだけど、ちょっと違っていて、自分の価値観みたいなものが、信じられなくなったりもした」

「へぇ、で、その旅行は楽しかったの？　楽しくなかったの？」

ミサの話を聞いて、タクが口をはさむ。

「夢の中のアンタは、何だかんだ言って、結構楽しんでたわよ。大変なこともあったけど、楽しい旅だった。自分と全然違う考え方や、地球にはない、いろんなものに触《ふ》れて、私も、今まで気づかなかったことに、たくさん気づけたから……」

「じゃあ、夢の中の出来事だったとはいえ、もうそういう場所にいけないのはガッカリだね」

リコに言われて、ミサは少し考えてから答えた。

「う〜ん、たしかに『第二地球群』の星にもう行けないのはちょっと残念だけど、自分と違う、思いがけないものに出会うことって、『第二地球群』でなくても、できるのかもしれない。私、旅に出る前は、地球にある国なら、知らない国でも、ある程度の想像ができる——なんて思ってた。でも、旅の中で、自分がたくさんの思い込みをもっていたり、物事や相手の一面しか見ていないってわかったの」

ミサは、微笑《ほほえ》んで続けた。

「だとしたら、自分が『わかっている』と思っているものも、本当は全然違うものだったりするのかもしれない。地球の国――、それどころか、自分の住んでいる身近な町とか、自分の家族とか、自分自身だって、思い込みをなくした目で見たら、ものすごく思いがけないものをもっているかもしれない。『第二地球群』じゃなくても、自分の常識と違う、思いもよらないことは、きっと世界中にたくさんあふれているのよ。出会おうとする気持ちさえあれば、いくらでも出会えるものなんだわ」

ミサの言葉に、父が力強くうなずいた。

「なるほど、ミサはずいぶんいい旅をしたらしい。そう言うことであれば、夢から覚めたとしても、旅は終わっていないとも言える。様々な人や物事に出会っていく旅は、まだまだ続いていくということだ」

「そうね。そう言うことになるかもしれないわね」

そう答えて、ミサが笑うと、父がさらに言った。

「旅は続く。さぁミサ、そろそろ次の星に着くぞ……ほら、もう次の星だぞ……次の星……」

ハッと、ミサは目を覚ました。

「ミサ、起きろ～！　もう次の星に着くぞ。起きたか？」

父がミサの顔をのぞき込んでいる。あわてて、キョロキョロと見回す。そこは、星間シャトル船のシートだった。

「あれ？　私、地球の家に……あれ？」

さっきまでの地球でのやり取りのほうが、夢だったようだ。

「寝ぼけてるの？」

ジュンが笑う。

「地球の家の夢を見るなんて、ホームシックじゃないの？　僕に気が弱いなんて言うけど、それはミサのほうだったのかもね」

ここぞとばかりにタクが口撃《こうげき》する。いつものいろいろ言われていることへの報復のようだ。

「そんなことが言えるなんて、アンタも、この旅で、少しだけ成長したみたいね」

ミサも負けじと言い返す。

「ねぇ、そんなことといいから、早くシャトルを降りて、次の星をたくさん楽しもっ⁉」

リコの言葉で、「そうだった」とみんなあわてて、下船の準備を始める。

「次はどんな星かしら、楽しみね」

母が、みんなに言うようにつぶやく。すると、みんな声をそろえて答えた。

「うんっ！」

旅はまだまだ続いていく。


さぁ、まだまだ地球一家はおじゃまします！

地球一家が、おじゃまします。

2025年4月1日　　第1刷発行

編著　トナミゲン
絵　カシワイ
発行人　川畑勝
編集人　芳賀靖彦
企画・編集　目黒哲也
発行所　株式会社Gakken
〒141-8416 東京都品川区西五反田2-11-8
印刷所　中央精版印刷株式会社
DTP　株式会社 四国写研

［お客様へ］
【この本に関する各種お問い合わせ先】
○本の内容については、下記サイトのお問い合わせフォームよりお願いいたします。
https://www.corp-gakken.co.jp/contact/
○在庫については、Tel 03-6431-1197（販売部）
○不良品（落丁・乱丁）については、Tel 0570-000577
学研業務センター　〒354-0045　埼玉県入間郡三芳町上富279-1
○上記以外のお問い合わせは　Tel 0570-056-710（学研グループ総合案内）

学研グループの書籍・雑誌についての新刊情報・詳細情報は、下記をご覧ください。
学研出版サイト　https://hon.gakken.jp/